Edgar Wallace im Goldmann Verlag

1922 wird der Goldmann Verlag in Leipzig gegründet.

1926 veröffentlicht Goldmann die beiden ersten ins Deutsche übersetzten Kriminalromane des schon weltbekannten Edgar Wallace. Und nur ein Jahr später, nach der sensationellen Uraufführung von »Der Hexer« am Deutschen Theater in Berlin (Regie: Max Reinhardt), bricht das Wallace-Fieber aus. Goldmann hat damit eine neue Literaturgattung in Deutschland etabliert: den Kriminalroman.

1932 stirbt Edgar Wallace in Hollywood. Als der Sarg nach England überführt wird, ist im Hafen von Southampton halbmast geflaggt und in Londons legendärer Zeitungsstraße, der Fleetstreet, läuten die Glocken: Großbritannien erweist seinem berühmten Sohn die letzte Ehre.

1952 kommen die erster ...
auf den Markt. In der ...
erscheinen im Laufe d...
sämtliche Kriminalrom... t
überwältigendem Erfolg ... ionen
Exemplare haben von 19... heute ihre Leser gefunden. Und allein in Deutschland wurden 30 Kriminalromane von Edgar Wallace verfilmt.

1982 erscheinen zum 50. Todestag alle 82 Kriminalromane in einer einmaligen Sonderausgabe und ein Edgar Wallace-Almanach.

EDGAR WALLACE

Der Dieb in der Nacht

THE THIEF IN THE NIGHT

Die Schatzkammer

THE TREASURE HOUSE

Zwei Kriminalromane

Wilhelm Goldmann Verlag

Aus dem Englischen übertragen von
Gregor Müller

Herausgegeben von Friedrich A. Hofschuster

Gesamtauflage: 227.000

Made in Germany · 1/82 · 11. Auflage

Umschlagentwurf: Atelier Adolf & Angelika Bachmann, München
Umschlagfoto: Richard Canntown, Stuttgart
Satz: Presse-Druck Augsburg
Druck: Mohndruck Graphische Betriebe GmbH, Gütersloh
Krimi 1060
Lektorat: Friedrich A. Hofschuster · Herstellung: Peter Sturm
ISBN 3-442-01060-8

DER DIEB IN DER NACHT

I

›Fragen Sie Ihre Frau, wo sie am Samstag, dem 23., den Abend verbrachte! Angeblich war sie aufs Land gefahren, aber ich kann Ihnen verraten, daß sie allein mit einem jungen Gardeoffizier in dessen Wohnung zu Abend speiste.

Ein aufrichtiger Freund‹

Lord Widdicombe legte den Brief auf den Tisch und lächelte verächtlich. Im ersten Augenblick wollte er das Schreiben mit diesen niederträchtigen Beschuldigungen zerreißen und ins Feuer werfen, aber dann überlegte er es sich anders und klingelte seinem Kammerdiener.

»Frank, sagen Sie bitte meiner Frau, sie möchte so liebenswürdig sein, einen Moment zu mir zu kommen.«

Ein paar Minuten später trat Lady Widdicombe ins Zimmer. Sein Gesicht hellte sich auf, als er ihr entgegenging. Sie mochte wohl zwanzig Jahre jünger sein als ihr Mann. Nichtsdestoweniger führten die beiden eine harmonische Ehe.

»Liebling«, sagte der Lord und zwinkerte ihr verschmitzt zu, »jemand hat den Versuch gemacht, unser Glück zu stören.«

Er reichte ihr den Brief und beobachtete schmunzelnd, wie sie vor Ärger rot wurde, während sie las.

»Was für eine Gemeinheit!« rief sie zornig. »Am dreiundzwanzigsten! Natürlich – an dem Abend habe ich mit Ronnie gegessen!«

»Der Mann hat also recht, siehst du! Ronnie ist ein junger Gardeoffizier – und außerdem mein Stiefsohn«, sagte Lord Widdicombe und lachte vergnügt. Dann trat er zu ihr und fuhr ihr zärtlich übers Haar. »Du bist wirklich eine böse Frau«, scherzte er, »und ich bin dir nun auf die Schliche gekommen! Aber, zum Kukkuck, wer mag diesen verleumderischen Brief geschrieben haben?«

Sie schüttelte den Kopf.

»Ach, es ist abscheulich – entsetzlich!« erwiderte sie heftig. »Natürlich kann so etwas bei uns kein Unheil anrichten; aber welchen Schaden kann es stiften, wenn solch ein Brief in die Hände von Ehegatten kommt, die bereits aufeinander eifersüchtig sind! – Übrigens, der Einbrecher ist wieder an der Arbeit gewesen, Willie!

Mrs. Crewe-Sanders ist eine wertvolle Brillantnadel gestohlen worden.«

Der Lord sah seine Frau erstaunt an und zog die Augenbrauen hoch.

»Wieder eine Nadel? Wie merkwürdig! Schon die vierte in diesem Monat, nicht wahr? Der Mann ist konsequent. Aber verglichen mit diesem ›aufrichtigen Freund‹ ist er noch ein anständiger Kerl! Sag bloß Diana nichts von dem Diebstahl, sie macht sich sonst unnötige Sorgen.«

Lady Widdicombe starrte durch die hohen Glastüren in den Park hinaus, auf den immer neue Regenschauer niedergingen. Doch ihr Mann sah ihr an, daß ihre Gedanken sich nicht mit der trostlosen Landschaft beschäftigten.

»Ich möchte nur wissen, warum Diana eigentlich Barbara May so wenig leiden kann?« fragte sie abwesend.

Er grinste.

»Es ist doch erfreulich, daß sie wenigstens einmal bei einer Meinung bleibt! Man ist von vornherein bereit, ihr zu verzeihen, selbst wenn es sich darum handelt, daß sie Barbara nicht mag. Aber erzähle ihr auch nichts von dem Brief – ich werde ihn heute noch Scotland Yard schicken. Und da wir gerade bei der Polizei sind, möchte ich dir noch sagen, daß ich Jack Danton eingeladen habe, während der Kricketwoche unser Gast zu sein. Eigentlich sonderbar, daß ein solcher Mann bei der Polizei ist, wie?«

2

Als Lady Widdicombe die Bibliothek verließ, dachte sie bereits wieder an ganz andere Dinge. Sie trat in eines der kleinen Wohnzimmer und traf dort Diana Wold, die in einem Sessel am Fenster saß und in den Rosengarten schaute. Im Regen sah auch er traurig aus, obwohl es sonst dort so schön war. Diana trug ein duftiges weißes Kleid, und auf ihren Knien lag ein aufgeschlagener Gedichtband.

Sie schaute auf, als ihre Kusine hereinkam, und legte das Buch weg.

Diana war schön, doch sie besaß die zerbrechliche Schönheit einer Porzellanfigur, und ihr Lächeln hatte etwas Melancholisches.

Sie stand auf, und fast schien es, als fürchte sie sich ein wenig vor ihrer Kusine, die so sicher und selbstbewußt auftrat.

»Was hast du eigentlich an Barbara auszusetzen?« platzte Elsie Widdicombe unvermittelt heraus.

Diana lachte.

»Das ist aber eine sonderbare und – plötzliche Frage, Elsie! Habe ich denn überhaupt etwas an Barbara auszusetzen? Vielleicht ... Nein, ich kann nicht viel mit ihr anfangen – das ist alles. Ich gebe zu, daß sie ein entzückendes Mädchen ist, aber wir verstehen uns nun einmal nicht. Sie haßt Gedichte – und ich schwärme dafür; sie begeistert sich für Jagd und Golf – und ich fahre gern Auto und spiele Tennis. Ich bin meiner Veranlagung nach zurückhaltend und nicht sehr aktiv, wogegen sie vor Energie nicht weiß, was alles sie unternehmen soll. Aber warum fragst du überhaupt danach? Hat Willie Barbaras Vorzüge wieder einmal herausgestrichen? Er kann sie ja recht gut leiden.«

Lady Widdicombe setzte sich auf die große, breite Couch.

»Ach, ich dachte einfach im Augenblick daran. Du hast heute morgen doch auch einen Brief von Mrs. Crewe-Sanders erhalten, wie ich gesehen habe? Sie hat mir ebenfalls geschrieben. Hat sie dir mitgeteilt ...«

Diana nickte lächelnd und warf ihrer Kusine einen vielsagenden Blick zu.

»Jetzt weiß ich auch, warum du Barbara erwähnt hast – sie war bei den Crewes eingeladen!«

Lady Widdicombe versuchte zu widersprechen, aber ihr Protest klang nicht sehr überzeugend.

»Barbara war auf der Party dort«, begann Diana wieder. »Sie war auch bei den Colebrooks, als Mrs. Carter ihre Brillantnadel verlor. Ebenso war sie bei den Fairholms eingeladen, und die Dame des Hauses vermißt seitdem ihre Brillantbrosche.«

»Aber, Diana!«

»Ach ja, ich weiß! Aber an den Tatsachen läßt sich doch nichts ändern.« Das Lächeln verschwand aus Miss Wolds Gesicht, während sie langsam weitersprach und jedes Wort betonte. »Und sind nicht auch alle diese entsetzlichen anonymen Briefe des ›aufrichtigen Freundes‹ immer nur an Leute gerichtet, die Barbara May persönlich kennt?«

Lady Widdicombe sprang auf und rief empört aus: »Diana, ich hätte nie geglaubt, daß du so gehässig sein könntest! Ich fürchte, du weißt nicht, was du sagst. Eben hast du die Vermutung ausgesprochen, daß Barbara nicht nur eine Diebin ist, sondern auch . . .«

»Ich weiß wohl, daß es eine schwere Anschuldigung ist. Aber – wir müssen doch den Tatsachen ins Auge sehen.«

Lady Elsie sah ihre Kusine vorwurfsvoll an.

»Was redest du von Tatsachen! Das ist doch lächerlich, geradezu abscheulich! Wie kannst du Barbara so verdächtigen? Sie ist doch noch fast ein Kind. Aber jetzt kann ich mir gut vorstellen, wie du sie haßt . . .«

Diana schüttelte den blonden Kopf und blitzte Elsie belustigt an.

»Das stimmt nicht. Aber ich kann doch mein logisches Denken nicht ausschalten. Ich bin eben zu diesem Ergebnis gekommen.« Doch dann warf sie den Kopf zurück, als ob sie die häßlichen Gedanken abschütteln wollte, legte den Arm um ihre Kusine und gab ihr einen Kuß. »Darling, nimm es nicht so tragisch! Es war wirklich nicht böse gemeint – was kann ich dafür, daß Barbara mir so schrecklich auf die Nerven fällt!«

Lady Widdicombe ließ sich jedoch nicht so leicht beruhigen. Dianas Worte hatten sie tief getroffen, weil – nun, weil ihr der gleiche Verdacht selbst schon aufgestiegen war.

3

Inspektor Jack Danton betrat das Büro des Chefinspektors. Er glaubte genau zu wissen, warum ihn sein Vorgesetzter so dringend sprechen wollte.

Jack war soeben von einem kleinen Abstecher nach Paris zurückgekehrt, und auf der Rückreise hatte er alle Zeitungsmeldungen über den neuesten Juwelendiebstahl gelesen. Offensichtlich kamen die Ermittlungen nicht vom Fleck. Die örtliche Polizei mochte dem Fall wohl auch nicht gewachsen sein.

Wenn er, Danton, den Auftrag erhalten sollte, diese Diebstahlserie aufzuklären, so wäre das eine Aufgabe nach seinem Geschmack. Er hatte nach dem Krieg die Laufbahn eines Kriminalbeamten bei Scotland Yard eingeschlagen. Mit Energie hatte er sich durchgesetzt und im Lauf der Zeit eine beachtliche Reihe von Warenhausdieben hinter Schloß und Riegel gebracht. Doch sehnte er sich jetzt endlich einmal nach einem großen Fall, bei dem er zeigen konnte, was wirklich in ihm steckte.

Nach den Zeitungsmeldungen war der letzte Juwelenraub genauso ausgeführt worden wie alle früheren. Mrs. Crewe-Sanders hatte eine Anzahl Gäste für mehrere Tage auf ihren Landsitz eingeladen, und in der letzten Nacht war die Brillantnadel gestohlen worden. Der Schmuck war sehr wertvoll, denn um das kostbare Mittelstück herum waren noch drei große, dreieckig geschliffene Smaragde angeordnet.

Danton war darauf gefaßt, daß sein Vorgesetzter über diese Sache mit ihm sprechen wollte.

»Nehmen Sie Platz«, sagte der Chefinspektor und nickte ihm freundlich zu. »Ich brauche Sie dringend.«

Jack lächelte.

»Ich glaube, ich weiß, warum. Dieser Diebstahl scheint ja eine reichlich undurchsichtige und raffinierte Angelegenheit zu sein.«

Er sah, daß der Chefinspektor die Stirn runzelte, und wunderte sich.

»Wovon sprechen Sie denn?«

Jack Danton schaute ihn erstaunt an.

»Ich meine den Juwelendiebstahl bei den Crewe-Sanders' auf Morply.«

»Ach so!« Der Chef zuckte die Schultern. »Ich interessiere mich mehr für den sogenannten ›aufrichtigen Freund‹ als für den Juwelendieb. Außerdem hat die dortige Polizei noch nicht ausdrücklich um unsere Hilfe nachgesucht – wir brauchen uns also deshalb vorläufig keine grauen Haare wachsen zu lassen.«

Jack lachte unsicher.

»Ich verstehe wirklich nicht, was Sie meinen – von welchem ›aufrichtigen Freund‹ sprechen Sie?«

Der Chefinspektor klopfte mit der Hand auf einige Papiere, die vor ihm auf dem Schreibtisch lagen.

»Es handelt sich um einen anonymen Briefschreiber, der stets mit ›Ein aufrichtiger Freund‹ unterschreibt. Er schickt unverschämte Briefe an hochstehende Persönlichkeiten und hat schon viel Unheil damit angerichtet. Offenbar weiß er einiges über verschiedene Mitglieder der Gesellschaft, das die Betreffenden auf keinen Fall publik gemacht sehen möchten. Die Empfänger waren, bevor sie die Briefe bekamen, natürlich überzeugt davon, daß niemand etwas von ihren Geheimnissen ahnte – und jetzt sind sie verständlicherweise höchst beunruhigt. Offen gestanden, ich glaube, daß es sich um eine Frau handelt, denn die Handschrift hat typisch weiblichen Charakter. Natürlich ist sie verstellt, aber selbst unter diesen

Umständen kann man erkennen, daß eine Frau die Schreiberin ist. Hier haben Sie einen der Briefe!«

Er reichte Jack ein Briefblatt über den Tisch.

Der Inspektor las die wenigen Zeilen und lachte spöttisch.

»Das kann ja beträchtliches Unheil anrichten«, meinte er. »An wen war denn der Brief adressiert?«

»An Lord Widdicombe. Wie Sie sehen, handelt es sich um eine Verleumdung seiner Frau, die ihm angeblich untreu geworden sein soll. Glücklicherweise ist der Lord ein intelligenter, vernünftiger Mann, der zu seiner Frau das größte Vertrauen hat. Er zeigte ihr den Brief und hat ihn dann uns zur Verfügung gestellt. Nun – ich möchte Sie bitten, nach Shropshire zu fahren. Sie haben ja viele Bekannte in diesen Kreisen, und ich brauche Ihnen wahrscheinlich nicht erst lange Empfehlungsschreiben mitzugeben. Sind Sie schon einmal in der Gegend gewesen?«

»Ja, gewiß«, erwiderte Jack und lächelte. »Ich bin schon sehr lange mit den Widdicombes befreundet, und zufälligerweise habe ich gerade eine Einladung von ihnen erhalten, sie auf ihrem Landsitz zu besuchen.«

4

Zuerst war Jack sehr enttäuscht, daß ihm die Aufklärung der Juwelendiebstähle nicht übertragen wurde, aber im Grunde fesselte ihn jede neue Aufgabe, und er war gespannt, was er in Shropshire erleben würde.

Er nahm die Akten, aus denen alle weiteren Einzelheiten hervorgingen, mit in sein Büro und begann, die einzelnen Briefe und Handschriften miteinander zu vergleichen. Nach einer Weile lehnte er sich in seinem Stuhl zurück und dachte angestrengt nach.

»Ausgerechnet Shropshire!« murmelte er vor sich hin und mußte unwillkürlich lächeln. »Barbara May ist doch gerade von Shropshire nach London zurückgekommen.«

Er warf einen Blick auf seine Uhr und erhob sich eilig. Es war immerhin möglich, daß sie heute morgen einen Spazierritt im Hyde Park machte. Ab und zu schon war er um diese Zeit dorthin gegangen, um die Reiter zu beobachten, und meistens war er enttäuscht umgekehrt, wenn er sie nicht getroffen hatte.

Er nahm ein Taxi bis zum Hyde Park Corner. Langsam ging er

die belebten Parkwege entlang und musterte die vorbeikommenden Reiter.

Plötzlich schlug sein Herz schneller – er hatte Barbara entdeckt. Sie hielt unter einem Baum und sprach mit einem Herrn, in dem Danton ein Parlamentsmitglied erkannte. In tadelloser Haltung saß sie auf einem großen Rappen. Wieder einmal kam Jack, als er sie so vor sich sah, Barbaras Schönheit zum Bewußtsein.

Er winkte ihr, sobald sie allein war, zu.

»Hallo, Mr. Danton!« rief sie, beugte sich nieder und gab ihm die Hand. »Ich dachte, Sie wären in Paris?«

»Ich wäre wohl auch noch ein paar Tage geblieben, aber gestern morgen erhielt ich ein Telegramm, daß ich in London gebraucht werde.«

Seitdem er Barbara May im Londoner Haus von Lady Widdicombe kennengelernt hatte, war er ihr öfters begegnet. Aber bis jetzt hatte er noch nie Veranlassung gehabt, ihr zu erzählen, welchen Beruf er ausübte. Eigentlich war es ihm auch recht, daß sie sich nie neugierig danach erkundigt hatte.

Er wußte, daß sie die Tochter eines Beamten im Außenministerium war und daß sie selbst während des Krieges dort gearbeitet hatte. Sie besaß kein Vermögen, und es hieß, daß Lady Widdicombe versuche, einen geeigneten Mann für sie zu finden. Das war eigentlich alles, was Danton über Barbara May wußte. Doch sooft er sie auch traf – jedesmal wartete er mit Ungeduld auf die nächste Gelegenheit, sie wiederzusehen.

»Sie hatten mir doch fest versprochen, daß Sie mit mir ausreiten würden!« sagte sie vorwurfsvoll. »Jetzt wird wohl nichts mehr daraus werden, denn morgen verlasse ich London.« Als sie die Enttäuschung in seinem Gesicht bemerkte, lachte sie. »Ich fahre nach Shropshire – bei den Widdicombes findet wieder die Kricketwoche statt. Kommen Sie vielleicht auch?«

Er atmete erleichtert auf. Nun war der Besuch bei seinen Bekannten nicht mehr nur Pflicht, sondern bekam auch einen großen Anreiz.

»Ja, tatsächlich fahre ich morgen abend auch dorthin. Dann werden wir also doch noch zusammen ausreiten!« Um das Gespräch nicht abreißen zu lassen, fragte er: »Waren Sie die ganze Zeit in London?«

Einen Augenblick zögerte sie.

»Nein, ich war auf Schloß Morply bei Mrs. Crewe-Sanders.«

Er starrte sie erstaunt an.

»Ach, das ist die Dame, die ihre Brillantnadel verloren hat?«

Es schien ihm, als ob sie rot würde.

»Ja«, erwiderte sie kurz und ritt mit einem kühlen Kopfnicken davon.

Bestürzt schaute er ihr nach. Hatte er etwas gesagt, worüber sie sich geärgert haben könnte? Das war das letzte, was er beabsichtigt hatte. Früher war sie doch nicht so empfindlich gewesen! Sie hatte sich also auf Schloß Morply aufgehalten, als dort die Brillantnadel gestohlen wurde. Wieder tat es ihm leid, daß man ihm nicht den Auftrag gegeben hatte, diese Diebstähle aufzuklären. Es wäre doch interessant gewesen, sich mit Barbara May darüber zu unterhalten, und sie hätte ihm vielleicht die eine oder andere Beobachtung mitteilen können.

Er kehrte in sein Büro zurück und wußte nicht, warum er sich plötzlich so unbehaglich fühlte. Gewöhnlich weiß man ja den Grund für so etwas, aber Jack war nicht imstande, sich darüber klarzuwerden.

Am Nachmittag vertiefte er sich in seine Arbeit und war noch damit beschäftigt, als das Telefon auf seinem Schreibtisch klingelte. Als er den Hörer abnahm, vernahm er die Stimme des Chefinspektors.

»Wenn Sie bei den Widdicombes zu Besuch sind, halten Sie die Augen offen – vielleicht können Sie etwas über diesen geheimnisvollen Juwelendieb erfahren. Ich habe so eine Ahnung, daß er dort auch einen Besuch abstatten wird.«

5

Gegen Abend ging Jack in seine Wohnung und traf alle Vorbereitungen für die Fahrt nach Shropshire. Danach aß er allein in einem Restaurant. Auf dem Heimweg ließ er sich Zeit und schlenderte gemächlich durch die Straßen. Seine Gedanken kreisten ständig in irgendeiner Form um Barbara May. Eigentlich ärgerte er sich darüber, daß dieses Mädchen sein ganzes Denken mit Beschlag belegte, doch andererseits konnte er sich auch wieder nichts Angenehmeres vorstellen, als sich mit ihr zu beschäftigen.

So kam er auch über den Piccadilly-Circus. Eine große Limousine fuhr an ihm vorüber und hielt etwa hundert Meter weiter vorn an. Als Danton auf gleiche Höhe mit dem Wagen kam, warf er einen raschen Blick hinein. Einen Augenblick lang setzte sein Herzschlag aus, denn im Licht der Straßenlaterne hatte er eine der beiden Personen erkennen können, die im Wagen saßen. Er hatte sich nicht getäuscht – es war Barbara May. Er würde sie immer und überall sofort erkannt haben.

Sie sprach eifrig mit jemandem, aber Jack hatte nicht sehen können, wer es war.

Er setzte seinen Weg fort. Bestimmt hatte sie ihn nicht erkannt. Eine merkwürdige Unruhe überkam ihn bei dem Gedanken, daß dort ein anderer Mann neben ihr im Auto saß, und er empfand brennende Eifersucht.

Was für einen anderen Schluß konnte er ziehen als den, daß Barbara einen Freund hatte? Reich mußte er auch sein – das verriet der teure Wagen. Sie selbst hätte sich einen solchen Luxus nicht leisten können.

Noch ein paar Schritte ging Danton weiter, dann blieb er im Schatten einer Hausecke stehen. Er hatte ein schlechtes Gewissen, ihr so nachzuspionieren, aber schließlich war er kein Heiliger, und er wollte jetzt unbedingt erfahren, wer der Mann war, dem Barbara zu dieser nächtlichen Stunde ihre Zeit widmete.

Die Tür des Autos wurde geöffnet, und der Mann stieg aus. Er war in mittleren Jahren und von untersetzter Gestalt. Nach den Worten, die Jack auffing, schienen keine besonders freundschaftlichen Beziehungen zwischen den beiden zu bestehen.

»Das wäre also alles, Miss May – morgen mache ich Ihnen dann weitere Mitteilungen.«

Gleich darauf fuhr der Wagen weiter. Der Fremde lüftete noch den Hut und blieb einige Sekunden stehen, dann drehte er sich um und überquerte die Straße. Nach einiger Zeit erreichte er die Umfassungsmauer des Buckingham-Palastes und ging neben ihr entlang.

Jack Danton war ihm gefolgt, denn der Mann interessierte ihn, und obschon er Schuhe mit Gummisohlen trug, die kein Geräusch machten, sah sich der Verfolgte doch einmal um, als ob er spürte, daß jemand hinter ihm herkam. Er setzte jedoch seinen Weg in der eingeschlagenen Richtung fort.

In der Nähe des Denkmals der Königin Viktoria griff er plötzlich in die Tasche und zog sein Taschentuch heraus. Dabei fiel ein Gegenstand auf die Straße. Jack eilte hin und hob ihn auf. Der Fremde hatte seinen Verlust aber auch bemerkt und fluchte leise, als er sich umdrehte.

Danton betrachtete das viereckige Lederetui, das er in der Hand hielt. Durch den Fall hatte sich der Verschluß geöffnet, und der Deckel war aufgesprungen.

Der Fremde stand jetzt dicht vor Jack.

»Das Etui gehört mir!« sagte er unfreundlich und wollte es ihm aus der Hand reißen.

Aber Danton hatte inzwischen gesehen, daß eine herrliche Brillantnadel darin lag, deren Mittelstück von drei prachtvollen Smaragden umrahmt war. Dies mußte das Schmuckstück sein, das Mrs. Crewe-Sanders gestohlen worden war! Alles in ihm sträubte sich dagegen, aber sah es nicht so aus, als ob Barbara die Diebin und dieser Fremde der Hehler sei, dem sie die Nadel verkauft hatte?

»Geben Sie mir jetzt endlich mein Etui zurück!«

Der Mann versuchte aufs neue, Jack den Schmuck abzunehmen, aber dieser hatte das Kästchen blitzschnell zugeklappt und in seine Tasche geschoben.

»Sie müssen mir erklären, woher Sie diese Brillantnadel haben!«

»Das fällt mir nicht im Traum ein! Wenn Sie mir den Schmuck nicht sofort zurückgeben, rufe ich die Polizei!«

»Das ist nicht nötig – Sie können sich gleich an mich wenden«, erwiderte Jack spöttisch.

»Was soll das heißen?«

Danton zeigte seinen Ausweis.

»Sie werden verstehen, daß Sie mir erst einmal erklären müssen, wie Sie in den Besitz dieses von der Polizei gesuchten Schmuckstükkes gekommen sind. Also, begleiten Sie mich freiwillig, oder muß ich Sie festnehmen? Ich möchte Sie bitten, mit mir zur nächsten Polizeiwache zu kommen.«

Der Mann zögerte eine Weile.

»Nun gut«, sagte er schließlich, »in dem Fall will ich mitkommen.«

Schweigend gingen sie durch die nächtlichen Straßen. Jack überlegte, daß der andere wohl kaum ahnen konnte, in welch schwierige Lage er ihn gebracht hatte. Sollte es nun zu einer Verhandlung kommen, so würde unweigerlich Barbaras Name fallen, und dann war er – Jack – es gewesen, der sie hineingezogen hatte. In dieser Situation fühlte er erst richtig, wie nahe sie ihm schon stand. Aber nun gab es kein Zurück mehr. Er riß sich zusammen. Bald gelangten sie an der Polizeiwache Westminster an.

Als der Fremde nach seinem Namen gefragt wurde, nannte er sich John Smith. Er verweigerte jede Auskunft darüber, wie er zu dem Schmuck gekommen war, und schwieg, während Danton und der Sergeant vom Dienst die Nadel betrachteten und sich darüber unterhielten.

»Es besteht nicht der geringste Zweifel«, versicherte der Sergeant, nahm eine Liste aus einem Schubfach und zeigte mit dem Finger auf die betreffende Stelle. »Sehen Sie, hier ist die genaue Beschreibung. Es ist die Brillantnadel, die Mrs. Crewe-Sanders entwendet wurde. Wollen Sie ihn verhaften lassen?«

»Selbstverständlich«, antwortete Jack, aber es war ihm nicht wohl bei dem Gedanken. Vor allem mußte er Zeit gewinnen, um seine Gedanken zu sammeln. »Ich gehe jetzt zum Chefinspektor. Er wird in seinem Klub sein«, sagte er zum Sergeanten. »Behalten Sie den Mann hier, bis ich zurückkomme, und schließen Sie das Etui mit dem Schmuck ein.«

Er schlenderte die Straße entlang, denn er hatte keine Eile, seinen Vorgesetzten zu erreichen. Er hoffte, daß ihm noch irgendein Ausweg einfallen würde, um Barbara nicht direkt belasten zu müssen.

Als er jedoch die Treppe zum Carlton-Club hinaufstieg, war er noch auf keine Lösung gekommen.

Zu seinem größten Erstaunen wartete der Chefinspektor in der Eingangshalle bereits auf ihn.

»Kommen Sie mit mir in den Rauchsalon«, forderte er Jack auf.

Danton folgte ihm und wunderte sich, warum der Chef seinen Besuch erwartet zu haben schien.

Aber die Frage klärte sich bald.

»Ich bin von der Polizeiwache Westminster angerufen worden. Man hat mich von der Festnahme dieses sonderbaren John Smith unterrichtet. Nachdem Sie die Wache verlassen hatten, kam ein Freund dieses Mannes vorbei und klärte die Sache auf. Ich bin davon überzeugt, daß ihm das Schmuckstück, das man bei ihm fand, rechtmäßig gehört. Er ist Juwelier und war unterwegs, um die Brillantnadel einem Freund zu zeigen.«

Diese dürftige Erklärung setzte Jack in größtes Erstaunen. Trotzdem atmete er erleichtert auf, denn durch diese Wendung wurde Barbara für den Augenblick außer Gefahr gesetzt.

»Die Nadel entsprach doch aber genau der Beschreibung –«, widersprach er schwach.

Sein Vorgesetzter jedoch wünschte offenbar nicht länger über die Angelegenheit zu diskutieren und unterbrach ihn.

»Das weiß ich auch. Sie ist völlig gleich – ein Duplikat der Brillantnadel, die Mrs. Crewe-Sanders beim Juwelier Streetley gekauft hat. Der Mann, den Sie auf die Wache führten, ist der Geschäftsführer dieser berühmten und Ihnen sicher bekannten Firma.«

Darauf wußte Danton nichts zu erwidern. Er war auch viel zu erleichtert, daß sich der Verdacht gegen Barbara als unbegründet herausstellte, um sich noch viele Gedanken wegen seines Irrtums zu machen.

Der Chef schaute auf die Asche seiner Zigarre.

»Und noch eins, Danton«, schloß er bedeutungsvoll. »Ich habe heute im Scherz gesagt, Sie sollten die Augen offenhalten, vielleicht würden Sie dem Juwelendieb im Haus der Widdicombes begegnen . . . Keine Widerrede, mein Lieber – es war ein Scherz! Wenn Sie sich jetzt in die Ermittlungen einmischen, können Sie höchstens stören.«

»Ich verstehe«, murmelte Jack, obschon er überhaupt nichts verstand.

6

»In unseren Kreisen wird man eher noch die Schmuckdiebstähle entschuldigen als diese gemeinen Verleumdungen«, sagte Lady Widdicombe ernsthaft.

Diana mußte über diese Bemerkung lachen.

»Daran sieht man wieder einmal, wie inkonsequent und unmoralisch die Gesellschaft im Grunde ist«, erwiderte sie leichthin.

Sie stützte den Kopf auf die Hand und schaute aufs Parkett, wo zahlreiche Paare tanzten.

Die Tanzabende von Lady Widdicombe während der Kricketwoche waren bekannt und beliebt, und wer immer Geld und Rang besaß, war dort zu finden. Vor dem großen Parktor stand dann immer eine lange Reihe von Autos.

»Ich habe eben mit Mrs. Crewe-Sanders gesprochen«, berichtete Diana, während sie weiter die tanzenden Paare beobachtete. »Sie ist der Meinung, daß niemand ins Schloß Morply eindringen kann, der nicht mit der Lage der Räume genau vertraut ist.«

»Sie hat natürlich den größten Verlust erlitten«, meinte Lady Widdicombe.

Wieder lachte Diana.

»Sie steckt sich aber auch all ihren Schmuck an. Ich wundere mich nur, daß sie den Verlust überhaupt gemerkt hat. Sonderbar ist auch, daß ausgerechnet ihr die Nadel gestohlen wurde, wo doch so viele andere Gäste im Haus waren, die ebenfalls eine Menge Schmuck bei sich hatten. – Hallo, Barbara!« erwiderte sie den Gruß von Miss May, die die Galerie entlangkam. »Tanzen Sie denn nicht?«

Barbara sah in ihrem cremefarbenen Abendkleid noch schöner aus als sonst. Strahlend blickte sie Diana an, ohne auf die Frage einzugehen. Plötzlich trat ein fragender Ausdruck in ihr Gesicht.

»Nanu – haben Sie denn keine Angst, Ihren kostbaren Schmuck zu tragen?«

Sie deutete auf die glänzende Brillantnadel, die an Dianas weißseidenem Kleid steckte.

»Wie Sie sehen – nein. Ich glaube nicht, daß der berüchtigte Dieb hierherkommen wird.«

»Wollten Sie mich sprechen?« wandte sich Lady Widdicombe an Barbara.

»Ja, ich möchte Ihnen nur sagen, daß ich mein Zimmer gewechselt habe.«

»Ach, das ist aber sehr freundlich von Ihnen. Macht es Ihnen auch wirklich nichts aus?«

»Nicht im mindesten«, antwortete Barbara und verschwand lachend.

Lady Widdicombe sah ihr bewundernd nach.

»Eine der vielen Kusinen meines Mannes ist nämlich krank geworden«, erklärte sie Diana, »und Barbara war so liebenswürdig, mir sofort anzubieten, das Zimmer mit ihr zu tauschen. Übrigens hat Barbara mir erzählt, daß dieser anonyme Briefschreiber einem ihrer Verwandten etwas Abscheuliches über sie geschrieben habe.«

»Sie scheint sich aber nicht viel daraus zu machen«, meinte Diana kühl.

»Die Geschichte mit den Verleumdungen ist wirklich zu schlimm!« rief Lady Widdicombe, die sich selbst nicht so leicht damit abfinden konnte.

7

Auch unten in der geräumigen Bibliothek, die an diesem Abend als Rauchzimmer für die Herren diente, sprach man über den Juwelendiebstahl auf Schloß Morply und über die anonymen Briefe des ›aufrichtigen Freundes‹.

Der Hausherr stand im Kreis seiner Gäste am Kamin. Er war groß und stattlich, und selbst ein chronisches Magenleiden hatte ihm seinen Sinn für Humor nicht vergällen können. Auch er verurteilte das verantwortungslose Tun des Briefschreibers, der bereits drei Familientragödien auf dem Gewissen hatte – man sprach sogar schon von einer vierten, die sich auf einem benachbarten Schloß anbahnte.

Lord Widdicombe konnte sehr interessant erzählen, und im Zusammenhang mit den Juwelendiebstählen kam er auch auf Begebenheiten zu sprechen, die er in Indien erlebt hatte.

»Meiner Meinung nach hat sich unser Einbrecher deswegen auf Brillantnadeln spezialisiert, weil man sie verhältnismäßig leicht zu Geld machen kann. Als ich seinerzeit Gouverneur von Bombay war, beschäftigten wir uns, aus ganz besonderem Grund, mit einem Diamantendiebstahl, der die englische Regierung in eine verzwickte Lage hätte bringen können. Haben Sie schon einmal vom Diamanten der Göttin Kali gehört? Ich glaube kaum –«, stellte Widdicombe lächelnd fest. »In Indien ist das ein sehr bekannter Stein. Er ist nicht groß, und sein Wert wird nicht einmal auf tausend Pfund geschätzt. Aber der Stein ist so berühmt, daß man ihn nicht einmal für eine Million Pfund kaufen könnte. In einer Beziehung ist er auch wirklich einzig in seiner Art, denn auf einer seiner Flächen ist ein ganzer Vers der heiligen Schriften eingraviert. Nur die Inder mit ihrer unendlichen Geduld sind zu derartigen Leistungen fähig. Sie können sich vorstellen, daß die Buchstaben winzig klein sind und daß man schon ein starkes Vergrößerungsglas nehmen muß, um sie überhaupt lesen zu können. Die Inder glauben nun, daß der Vers nicht von Menschenhand eingraviert wurde, sondern durch ein göttliches Wunder entstanden ist. – Es waren früher schon Versuche unternommen worden, den Stein zu stehlen, und schließlich hatte sich die englische Regierung eingeschaltet, denn man wußte wohl, daß es Unruhen geben würde, wenn diese Kostbarkeit abhanden käme. Die Regierung nahm den Diamanten daher in Verwahrung. Bei einem bestimmten heiligen Fest wird er öffentlich ausgestellt – übrigens findet es gerade in diesem Monat wieder statt. Selbstverständlich wurde dieser einzigartige Stein mit der größten Sorgfalt behütet. Trotzdem gelang es einer Bande indischer Diebe, in das Gewölbe, wo der Stein aufbewahrt wurde, einzubrechen und ihn zu rauben. Das geschah, zum Entsetzen aller Regierungsbeamten, zwei Wochen vor dem großen Fest. Glücklicherweise konnten wir eine Verbindung zu den Räubern herstellen, aber wir mußten hunderttausend Pfund Lösegeld zahlen.«

»Haben Sie denn bekanntgemacht, daß der Stein gestohlen wurde?«

»Um Himmels willen, das wäre völlig unvorstellbar gewesen!« entsetzte sich der Lord. »Was glauben Sie, wie das Volk die Nachricht, daß der heilige Stein Räubern in die Hände gefallen sei, aufgenommen hätte? Nein, wir haben die Sache so diskret wie möglich behandelt. Kein Wort durfte darüber verlauten, denn solche Nachrichten verbreiten sich in Indien mit Windeseile.«

Während der Lord erzählte, war Barbara May in die Bibliothek gekommen. Leise trat sie hinter einen jungen Mann und berührte seine Schulter.

Danton erschrak und drehte sich schnell um.

»Ach, entschuldigen Sie – ich hörte gerade eine interessante Geschichte . . .«

Er führte sie in den Ballsaal, und gleich darauf tanzten sie.

»Mr. Danton«, sagte sie, als die Kapelle eine Pause machte, »ich habe viel über Sie nachgedacht.«

Sie gingen auf die Terrasse hinaus.

»Es tut mir leid, die Ursache so angestrengten Nachdenkens gewesen zu sein!«

»Ich habe mir überlegt, welchen Beruf Sie haben könnten. Alle Leute wissen, daß Sie irgend etwas Geheimnisvolles tun. Nun gut, ich habe es herausbekommen!«

»Da bin ich aber gespannt«, erwiderte er nicht sehr begeistert und setzte sich neben sie auf eine Bank. »Welchen Beruf habe ich also?«

»Sie sind Kriminalbeamter.«

Er sah sie so bestürzt an, daß sie laut lachen mußte.

»Sehe ich denn tatsächlich wie ein Polizist aus?«

»Nein, natürlich nicht wie ein gewöhnlicher Polizist oder üblicher Beamter. Aber in den letzten Jahren sind ja viele tüchtige Offiziere bei Scotland Yard eingetreten.«

»Wenn ich wirklich Kriminalbeamter wäre . . .« begann er, um Zeit zu gewinnen, wurde jedoch unterbrochen.

»Aber Sie sind trotzdem von der Polizei – habe ich nicht recht?« Sie hob die Augenbrauen und sah ihm prüfend an. »Die Frage ist nur – wollen Sie den anonymen Briefschreiber zur Strecke bringen, oder sind Sie hinter dem Juwelendieb her?«

»Meinen Sie, Scotland Yard würde in der Sache der anonymen Briefe etwas unternehmen, ohne daß ordnungsgemäß Anzeige erstattet worden ist?«

»Sie haben recht. Dann sind Sie also hinter dem Juwelendieb her, der kürzlich Schloß Morply beehrte?«

»Das kann ich nicht behaupten.«

»Ich wünschte eher, daß Sie den Briefschreiber suchten. Wer mag diese Frau wohl sein?«

»Sie sind also überzeugt, daß es sich um eine Frau handelt?«

»Was bleibt einem anderes übrig?« Barbara May raffte ihr Abendkleid zusammen und beugte sich über die Balustrade. »So gehässig kann doch nur eine Frau sein. Die Briefe sind von einer ausgesuchten Gemeinheit. Sie wissen doch, daß die Flatterleys sich schon getrennt haben? Tom Fowler hat die Scheidungsklage gegen seine Frau eingereicht, und Mrs. Slee ist jetzt nach Übersee gegangen – ihre Mutter grämt sich zu Tode deswegen.«

»Ja, diese Art von Delikten ist besonders widerwärtig. Einem Dieb kann man vielleicht verzeihen, aber die Bosheit, die in einem solchen Menschen stecken muß, ist unbegreiflich.«

8

Als Barbara May am Abend auf ihr Zimmer ging, sah sie, daß Jack in ein Gespräch mit Lord Widdicombe vertieft war, und lächelte vor sich hin.

»Was belustigt Sie so, Barbara?« fragte Diana, die hinter ihr die Treppe hinaufstieg.

»Ach, ich dachte nur an verschiedenes«, wich Barbara aus.

»Sie haben es gut, daß Sie noch lachen können. Mich langweilt so ein Tanzabend furchtbar.«

Barbara drehte sich um und sah der anderen voll ins Gesicht.

»Warum kommen Sie dann überhaupt zu solchen Veranstaltungen?«

Diana zuckte die Schultern.

»Man muß doch irgend etwas tun, um die Zeit totzuschlagen.«

»Aber warum arbeiten Sie denn nicht?«

Diana starrte Barbara an. Wie hätte sie, die Erbin eines der größten Vermögen in England, arbeiten können? Das mußte Barbara doch berücksichtigen!

»Was meinen Sie denn mit ›arbeiten‹?« erkundigte sich Diana von oben herab. »Soll ich mich etwa als Säuglingsschwester anstellen lassen oder Stenotypistin im Außenministerium werden oder etwas Ähnliches tun?«

»Ja. Ich habe so etwas getan. Es ist eine vorzügliche Ablenkung. Außerdem, wenn man tagsüber nichts tut, kann man nachts nicht einmal schlafen.«

»Aber Barbara!« Diana lachte gezwungen. »Ich habe das Gefühl, daß Sie das eigentlich nichts angeht. Sie betonen anscheinend gern Ihre Tüchtigkeit.«

»Lassen Sie ruhig meine Tüchtigkeit aus dem Spiel«, antwortete Barbara frostig und verschwand in ihr Zimmer.

Jack Danton wäre, wenn er diese Szene hätte belauschen können, bestimmt nicht auf die Idee gekommen, daß Barbara sich dieses Gespräch vorher genau überlegt und auf Diana gewartet hatte, um dann kurz vor ihr die Treppe hinaufzugehen. Sie wollte sie ärgern, um sich nachher bei ihr entschuldigen zu können.

Während sich Diana von ihrer Kammerzofe beim Auskleiden helfen ließ, klopfte es an die Tür des Schlafzimmers, und Barbara kam herein.

»Verzeihen Sie, Diana, ich war vorhin gereizt –«, begann sie liebenswürdig, »ich wollte Sie nicht kränken.«

»Ach, das hat weiter nichts zu sagen«, meinte Diana und lächelte. »Es war ja schließlich auch meine Schuld. Wenn man so lange aufbleiben muß, wird man eben müde und überempfindlich.«

»Was für ein hübsches Zimmer Sie haben!« rief Barbara begeistert. »Und diese prachtvollen Bürsten!« Sie bewunderte die Toilettengegenstände, die auf der Glasplatte des Frisiertischs lagen. »Nur die Decke ist etwas niedrig . . .«

Sie schaute prüfend zur Decke hinauf.

»Ich schlafe immer bei offenem Fenster, also stört mich das weiter nicht«, erwiderte Diana, der es sonderbar vorkam, daß Barbara sich für solche Dinge interessierte.

»Wie, Sie schlafen bei offenem Fenster, nachdem in letzter Zeit so viele Diebstähle vorgekommen sind?«

»Sie glauben doch selbst nicht, daß hier die geringste Gefahr besteht!«

Barbara trat ans Fenster und schaute hinaus.

»Der Sims ist allerdings so schmal, daß ein Mann kaum darauf herumklettern könnte. Und das Fenster liegt auch gut zehn Meter über dem Garten.«

Sie sagte Diana gute Nacht und wollte das Zimmer verlassen. Aber an der Tür drehte sie sich noch einmal um.

»Würden Sie gern eine Tasse Schokolade trinken?« fragte sie überraschend, denn sie wußte, daß Diana Schokolade liebte. »Ich will mir nämlich ohnehin in meinem Zimmer noch eine Tasse zubereiten – ich habe einen elektrischen Kocher mitgebracht.«

Diana schaute sie im ersten Moment erstaunt an, doch als sie nichts Außergewöhnliches an diesem Vorschlag finden konnte, nahm sie gerne an.

»In drei Minuten ist sie fertig«, versicherte Barbara. »Aber haben Sie mir auch wirklich verziehen?«

»Wenn ich die Sache nicht längst schon vergessen hätte, würde ich Ihnen jetzt vor Dankbarkeit sogar um den Hals fallen!« Diana wandte sich an ihre Zofe. »Eileen, Sie werden dann gleich die Schokolade für mich in Miss Mays Zimmer holen.«

Das warme Getränk schmeckte ausgezeichnet. Diana saß in ihrem Bett, als sie es zu sich nahm. Als sie ausgetrunken hatte, reichte sie der Zofe die Tasse.

»Sie können jetzt gehen, Eileen. Ich mache das Licht später selbst aus und schließe ab. Gute Nacht. Ich glaube, ich werde gut schlafen.«

9

Auch Barbara May hoffte, daß Diana tief und fest schlafen würde. Sie verkorkte die kleine Flasche, die noch halb mit einer farblosen Flüssigkeit gefüllt war, und steckte sie in ein Geheimfach ihres Koffers. Dann warf sie einen Blick auf ihre Armbanduhr.

Ein paarmal ging sie im Zimmer auf und ab, trat schließlich ans Fenster und öffnete es. Ihr Zimmer befand sich im gleichen Stockwerk wie das von Diana und war von ihm nur durch einen leeren Raum getrennt. Sie zog die Vorhänge zu, entkleidete sich, nahm eine Reithose aus dem Schrank und zog sie an, ebenso ein Paar dicke, wollene Socken. Zum Schluß schlüpfte sie in ein Sportjackett aus grobem Tweed. Als sie fertig war, drehte sie das Licht aus, legte sich aufs Sofa und wartete.

Von der Kirchturmuhr schlug es zwei. Jetzt erhob sie sich leise und zog die Vorhänge zurück. Vorsichtig stieg sie aus dem Fenster und stand nun auf dem äußeren, vorspringenden Sims, der kaum dreißig Zentimeter breit war. Aber sie hatte gute Nerven und tastete sich ruhig und sicher auf dem schmalen Vorsprung weiter.

Ein Fehltritt, ein Schwanken – und sie würde zerschmettert dort unten liegen. Aber sie zögerte nicht eine Sekunde. Bald hatte sie Dianas Fenster erreicht und kletterte ins Zimmer.

Diana schlief tief und ruhig. Trotzdem wartete Barbara und lauschte. Die Atemzüge blieben entspannt, gleichmäßig, und Diana rührte sich auch nicht, als Barbara ihr die Hand sacht auf die Schulter legte. Das Schlafmittel in der Schokolade hatte seine Wirkung nicht verfehlt. Barbara hätte auch ohne Gefahr das Licht andrehen können, aber dadurch wären vielleicht andere Leute aufmerksam geworden, die zufällig durch den Gang kamen und den Lichtschein im Innern des Zimmers bemerkten.

Sie nahm also ihre Taschenlampe und einen kleinen Schlüsselbund aus der Tasche. Natürlich hatte sie sich gut gemerkt, wo Dianas Schmuckkasten stand.

Schon beim dritten Versuch gelang es ihr, die Stahlkassette zu öffnen. Sie nahm die Brillantnadel heraus, die Diana kurz zuvor auf dem Ball getragen hatte.

Aber damit gab sie sich nicht zufrieden. Sie suchte weiter und fand schließlich auch das Gewünschte. Als sie fertig war, zögerte sie noch einen Augenblick. Behutsam öffnete sie die Tür und warf einen Blick auf den Gang. Nur ganz am Ende brannte ein schwaches Licht.

Durfte sie es wagen? Lord Widdicombe hatte einen Nachtwächter, aber sie hörte, daß er sich unten in der Halle räusperte.

Sie schloß Dianas Tür hinter sich und ging mit schnellen Schritten durch den Gang, bis sie zu ihrem Zimmer kam. Aber als sie gerade die Hand auf den Griff legten wollte, hörte sie unten auf der mit Teppichen belegten Treppe leise Schritte. Rasch drückte sie auf die Klinke, erschrak aber heftig, denn sie hatte die Tür abgeschlossen, bevor sie aus dem Fenster gestiegen war. Wie hatte sie nur einen so schweren Fehler machen können!

Jetzt blieb nur noch ein Ausweg – sie mußte in das leere Zimmer in der Mitte flüchten, obschon es näher bei der Treppe lag. Hoffentlich war die Tür nicht verschlossen! Sie huschte darauf zu und atmete erleichtert auf, als sie die Klinke herunterdrückte – es war auch höchste Zeit. Als sie noch einen Blick den Gang entlangwarf, sah sie den Kopf eines Mannes auftauchen. Jetzt hatte er die vorletzte Treppenstufe erreicht. Sie fuhr zusammen – es war Jack Danton.

Leise schloß sie die Tür und schlich zum Fenster, das glücklicherweise offenstand. Sie war nun reichlich nervös. Das merkte sie, als sie den gefährlichen Weg über den Sims wieder zurücklegte. Doch erreichte sie ihr Fenster ohne weiteren Zwischenfall und kletterte erleichtert ins Zimmer.

Aus ihrem Koffer holte sie eine viereckige schwarze Kassette und legte sie auf den Tisch. Dann trug sie noch verschiedene andere Gegenstände herbei. Die Kassette war mit einer elektrischen Schnur und einem Stecker versehen. Sie verband diesen mit der Lichtleitung, schaltete ein und arbeitete zwei Stunden lang angestrengt.

Als der Himmel im Osten langsam blasser wurde, kletterte Barbara wieder aus dem Fenster. Entschlossen tastete sie sich zu Dianas Fenster und stieg nochmals ein.

Fünf Minuten später kehrte sie in ihr Zimmer zurück, schloß ihre verschiedenen Gerätschaften weg, packte die Brillantnadel in einen flachen, kleinen Pappkarton und schob ihn in einen Umschlag, den sie unter ihr Kissen legte.

10

Barbara war eine der ersten, die am nächsten Morgen unten erschienen. Trotz der anstrengenden Nacht sah sie frisch und ausgeruht aus. Das hellgrüne Kleid, das sie trug, unterstrich vorteilhaft das leichte Braun ihrer Haut.

Jack Danton hatte bereits einen Spaziergang im Park gemacht und kam eben zurück. Die beiden waren die einzigen Gäste, die so früh aufgestanden waren.

»Guten Morgen, Miss May! Sind Sie schon auf?« begrüßte er sie. »Es kann ein Vorteil, aber auch ein Nachteil sein, so zeitig aufzustehen. Der Käfer, der frühmorgens am Baum hochkrabbelt, wird vom hungrigen Vogel verspeist. Hätte er länger geschlafen, wäre er noch am Leben.«

Sie gingen bis ans Ende des Parkes und genossen die herrliche Aussicht über die Wiesen, die sich bis zum Fluß hinabzogen, und über die sanftgeschwungenen, von dunklen Eichenwäldern bestandenen Höhenzüge.

»Ist es nicht wunderbar hier?« rief Barbara.

»Ja. Aber ich fürchte, ich muß jetzt zur Post gehen.«

»Ich würde Sie gerne begleiten. Wollen Sie einen Moment warten, bis ich meinen Hut geholt habe?«

Zusammen gingen sie auf dem Fahrweg bis zum Parktor und schlenderten dann die ruhige Dorfstraße hinunter. Jack trug das Päckchen in der Hand, das er fortschicken wollte.

Wahrscheinlich ein Bericht an seinen Vorgesetzten, dachte Barbara.

Als sie schon wieder den Rückweg antraten, blieb sie plötzlich stehen.

»Eben fällt mir ein, daß ich noch Briefmarken kaufen muß«, sagte sie und machte kehrt. »Nein, Sie brauchen nicht mitzukommen, ich bin gleich wieder da.«

Sie lief zum Postamt zurück, trat ein und zog hastig einen Umschlag aus der Tasche ihres Kleides.

»Ein Eilbrief«, sagte sie. »Doppelt. Ich habe ihn bereits gewogen und richtig frankiert.«

Der Beamte betrachtete die Adresse, dann warf er den Brief in den Postsack.

»Ich habe es mir anders überlegt«, meinte sie zu Jack, als sie schon Sekunden später wieder aus dem Postbüro kam. »So dringend ist es auch wieder nicht. Bis die Marken aus der Mappe geholt, gezählt und bezahlt sind – das ist eine umständliche Prozedur, und inzwischen könnten Sie noch ungeduldig werden! Wir wollen lieber schnell zum Schloß zurück, wir haben ja noch nicht gefrühstückt.«

»Wann fahren Sie wieder nach London?« fragte er nach einer Weile.

»Ich denke, heute nachmittag. Ich wäre schon heute morgen abgereist, aber es würde doch zu verdächtig aussehen, wenn ich jetzt in aller Eile das Schloß verließe ... Es könnte zum Beispiel in der vergangenen Nacht ein Einbrecher am Werk gewesen sein. Das kann man natürlich erst feststellen, wenn all diese faulen Leute aufgestanden sind und einen Blick in ihre Schmuckschatullen geworfen haben.«

Er lächelte.

»Ich glaube nicht, daß in der letzten Nacht ein Einbrecher im Haus war.«

Im Frühstückszimmer trafen sie Lord Widdicombe und seine Frau, die ebenfalls beizeiten aufgestanden waren. Kurz darauf erschienen auch noch drei andere Gäste.

»Was macht denn Diana?« fragte der Lord und schöpfte sich vom Rührei.

»Wir werden sie wohl kaum vor zwölf Uhr zu Gesicht bekommen«, sagte Lady Widdicombe. »Du weißt doch, daß sie gern lange schläft.«

»Ja, schade – wenn sie bloß ein wenig munterer wäre!« seufzte der Lord.

Offenbar empfand er nicht allzuviel Sympathie für seine Nichte, deren Vormund er außerdem war.

II

Tatsächlich wachte Diana erst um ein Uhr auf. Sie fühlte sich außerordentlich wohl und fand, daß sie selten so ruhig und tief geschlafen habe.

Ich muß Barbara bitten, mir das Rezept für die Schokolade zu geben, dachte sie, als sie ihren Morgentee trank.

»Ist Post gekommen, Eileen?« fragte sie ihre Zofe, die gerade das Bad vorbereitete.

Das Mädchen brachte ihr mehrere Briefe, und Diana sah sie rasch durch.

Eine halbe Stunde später war sie angezogen. Als Schmuck wollte sie eine Perlenkette und einen Ring tragen. Sie schloß die Stahlkassette auf, um beides herauszunehmen. Als sie hineinblickte, stieß sie einen schrillen Schrei aus.

»Eileen, kommen Sie schnell! Wo ist meine Brillantnadel?«

»Sie haben sie gestern abend hineingelegt – ich habe es selbst gesehen.«

»Täuschen Sie sich auch nicht?«

»Nein, bestimmt nicht«, sagte die Zofe aufgeregt.

Hastig kontrollierte Diana den Inhalt der Kassette. Außer der Nadel fehlte nichts, obwohl ein Smaragdring darin lag, der allein ein Vermögen wert war. Nur die Brillantnadel war gestohlen worden!

Sie klingelte, aber dann fiel ihr ein, daß sie ja schon angekleidet war. Sie eilte die Treppe hinunter und stieß unten in der Eingangshalle auf Lord Widdicombe.

»Onkel Willie –«, rief sie ihm zu, »jemand hat meine Brillantnadel gestohlen!«

»Verdammt!« stieß er hervor und winkte Danton, der sich unter der Tür mit Barbara May unterhielt.

Der Inspektor kam sofort herbei und erkundigte sich, was es gebe.

»Diana vermißt ihre Brillantnadel!« unterrichtete ihn der Lord leise. »Bitte, sprechen Sie mit ihr, und nehmen Sie sich der Sache an.«

Doch Jack hatte keinen Erfolg. Die Brillantnadel war und blieb verschwunden. Später traf er Lord Widdicombe in der Bibliothek.

»Merkwürdige Geschichte«, äußerte er beunruhigt. »Miss Wold sagt, daß sie abends immer die Tür ihres Zimmers abschließt und den Schlüssel innen steckenläßt. Heute morgen war aber die Tür nicht verschlossen.«

»Wäre es möglich, daß sie mit Gewalt von außen geöffnet wurde?«

»Das hatte ich auch vermutet, aber es sind keinerlei Anzeichen dafür vorhanden.«

»Zum Teufel, wie kann es dann geschehen sein?« rief der Lord verärgert. »Hat denn Diana nichts gehört? Man sollte doch annehmen, daß sie aufwacht, wenn jemand im Zimmer ist.«

»Sie hat nicht das mindeste gemerkt. Es wäre ja auch möglich, daß ein Gast, der auf dem gleichen Flur in der Nähe wohnt, den Mauersims benützt hat, um zum Fenster zu gelangen.«

»Das ist nicht anzunehmen – dazu gehörte wirklich außergewöhnlicher Mut. Der Dieb müßte die Nerven eines Seiltänzers haben.«

»Nun, der, der diese Diebstähle begeht, besitzt zweifellos eiserne Nerven! Rufen Sie Ihre Gäste zusammen und erklären Sie ihnen, was vorgefallen ist«, schlug Danton vor. »Es ist immerhin möglich, daß jemand vom mitgebrachten Personal die Nadel entwendet und irgendwo versteckt hat. Unter solchen Umständen wird niemand etwas dagegen einzuwenden haben, wenn die Gästezimmer durchsucht werden.«

»Das ist ein guter Gedanke«, pflichtete der Lord erleichtert bei.

Auch die Gäste waren einverstanden.

Nach außen hin sah es so aus, als ob Lord Widdicombe die Untersuchung vornähme, aber in Wirklichkeit war es Jack Danton, der die Augen offenhielt. Man fand jedoch nichts, und alle bedauerten Diana.

Sie genoß es ungemein, so im Mittelpunkt des Interesses zu stehen, tat aber so, als kümmere sie der Diebstahl wenig.

»Der Verlust der Nadel ist weiter nicht tragisch«, erklärte sie gleichmütig, »denn sie ist versichert. Es war allerdings ein schönes Stück, und begreiflicherweise war ich anfänglich aufgeregt, denn ich hatte es erst vor einem Monat bei Streetley gekauft.«

»Wie seltsam –«, murmelte Widdicombe stirnrunzelnd.

Seine Frau sah ihn erstaunt an.

»Warum denn?«

»Nun, Mrs. Crewe-Sanders, der ebenfalls eine Brillantnadel gestohlen wurde, hatte sie doch auch erst vor einem Monat im gleichen Geschäft erstanden.«

»Aber daran ist doch nichts Ungewöhnliches!« warf einer der Gäste ein.

Am Nachmittag saß die Gesellschaft im großen Wohnzimmer beisammen, und natürlich unterhielt man sich über den neuen Diebstahl.

»Streetley ist das größte und vornehmste Juweliergeschäft, das wir in London haben. Die Damen kaufen dort mit Vorliebe ihren Schmuck.«

»Am unangenehmsten ist mir die Vorstellung«, bemerkte Diana, »daß dieser Dieb in mein Zimmer eingedrungen ist, während ich schlief.«

»Ja, ich wundere mich auch, daß er das gewagt hat«, warf der Lord ironisch hin. »Es tut mir natürlich leid«, schloß er, wieder völlig ernst, »daß das geschehen ist. Ich hoffte, die Kricketwoche ginge vorüber, ohne daß wir auf diese Art belästigt würden.«

12

Jack Danton untersuchte auch die Umgebung des Hauses eingehend, besonders den Garten auf der Rückseite, wo die meisten Gästezimmer lagen. Unter Dianas Fenster sah er sich nach Spuren um, konnte aber nicht das geringste entdecken.

Er war davon überzeugt, daß dieser Diebstahl vom Innern des Hauses aus begangen worden war. Aber wer kam als Täter in Frage?

Merkwürdigerweise hatte er bereits die Möglichkeit ausgeschlossen, daß jemand vom Personal dafür verantwortlich war. Die meisten Damen hatten zwar ihre eigenen Zofen mitgebracht, aber diese Mädchen wohnten in einem anderen Flügel des Schlosses. Es war recht unwahrscheinlich, daß sie mitten in der Nacht bis zu Miss Wolds Zimmer vordringen konnten.

»Haben Sie etwas entdeckt?« fragte Lord Widdicombe gespannt, als Danton zu ihm in die Bibliothek zurückkehrte.

Jack schüttelte den Kopf.

»Nichts – gar nichts.«

»Zu dumm. Diana macht es zwar offensichtlich nicht viel aus. Und selbst wenn sie nicht versichert wäre, könnte sie den Verlust leicht tragen, denn sie ist sehr reich. Nur – der Gedanke ist mir unerträglich, daß jemand im Haus, womöglich einer der Gäste, den Diebstahl begangen hat. – Wann fahren Sie in die Stadt zurück?«

»Heute. Ich nehme den gleichen Zug, mit dem auch Miss May fährt.«

»So? Sie wollen mit Barbara May zusammen fahren? Sie ist wirklich ein sehr nettes Mädchen. Ihr Pech ist nur ...«

»Was meinen Sie?« fragte Jack, sofort bereit, Barbara zu verteidigen, obschon noch gar kein Anlaß dazu vorlag.

»Unglücklicherweise war sie jedesmal in den betreffenden Häusern zu Gast, wenn einer dieser Juwelendiebstähle verübt wurde. Mit anderen Worten, Danton – sooft der geheimnisvolle Dieb auf der Bildfläche erschien, war auch Barbara May anwesend. Bitte, warten Sie einen Augenblick!« Der Lord hob abwehrend die Hand, als er sah, daß Jack Danton etwas erwidern wollte. »Ich will damit durchaus nicht behaupten, daß sie etwas mit diesen Vorfällen zu tun hat. Das wäre eine zu gewagte Vermutung. Aber die Tatsache an sich bleibt bestehen. Diana hat mich schon mehrmals darauf aufmerksam gemacht, und auch Sie sollten es nicht übersehen.«

Jack zuckte die Schultern.

»Demgegenüber könnte man geltend machen, daß Miss Wold ebenfalls jedesmal zugegen war, wenn ein Schmuckstück entwendet wurde.«

»Das ist allerdings merkwürdig«, räumte Lord Widdicombe ein und schwieg einen Augenblick überlegend. »Es stimmt. Das ist mir noch gar nicht aufgefallen. Aber wir wollen uns nicht länger darüber den Kopf zerbrechen, denn weder Diana noch Barbara kommen als Täterinnen in Frage. Aber mir fällt bei der Sache eines auf, doch ich betone, ich bin kein Detektiv oder Kriminalbeamter – wenn der Dieb ein Gast dieses Hauses sein sollte, dann muß doch die Nadel noch hier sein. Höchstens ...«

»Ja, was wollten Sie sagen?« fragte Jack, als Widdicombe zögerte.

»Es wäre möglich, daß es ihm gelungen ist, die Beute bereits fortzuschaffen.«

»Das setzt aber einen Komplicen voraus, und ich bin eigentlich eher der Meinung, daß der Dieb allein arbeitet.«

»Es muß nicht unbedingt ein Komplice sein. Vielleicht wurde die Nadel mit der Post weggeschickt.«

Jack lachte.

»Dann muß der Betreffende aber sehr früh aufgestanden sein! Der einzige Ihrer Gäste, der heute morgen zur Post ging, war ich.«

Plötzlich kam Jack ein unangenehmer Gedanke. Barbara hatte ihn doch zur Post begleitet!

»Ist sonst niemand ins Dorf gegangen, um Briefe aufzugeben?« erkundigte sich der Lord.

»Nein, niemand«, log Danton.

So bald wie möglich zog er sich zurück. Er mußte über diesen schrecklichen Verdacht, der ihn beunruhigte, ins klare kommen. Vor allem mußte die Sache mit dem Postamt überprüft werden.

Noch einmal ging er ins Dorf. Der Postbeamte machte gerade Eintragungen in ein Buch.

»Mr. Villers, Sie sind Beamter und werden verstehen, daß das, was ich Ihnen jetzt sage, unter uns bleiben muß. Sie dürfen zu niemandem darüber sprechen.«

Er legte seinen Dienstausweis auf den Tisch, und der alte Mann rückte seine Brille zurecht. Nach einem Blick auf den Ausweis sah er erstaunt auf.

»Ich hatte keine Ahnung, daß Sie von der Polizei sind. Ich habe nämlich einen Neffen ...«

Danton unterbrach ihn sofort.

»Mr. Villers, sagen Sie mir bitte, wie viele Eilbriefe heute von hier abgegangen sind.«

»Einer«, erklärte der Beamte sofort.

»Wer hat ihn abgeschickt?«

»Eine junge Dame – Miss May, glaube ich, soviel ich gesehen habe.«

»Stimmt das auch wirklich?«

»Aber sicher! Sie war doch heute früh mit Ihnen zusammen hier. Später kam sie noch einmal herein und sagte, sie wolle den Brief aufgeben.«

Natürlich – Jack wußte nur zu gut, daß sie noch einmal zurückgegangen war, angeblich um Briefmarken zu kaufen.

»Was für ein Brief war es?«

»Er war ziemlich dick – ein Doppelbrief.«

»An wen war er adressiert? Wissen Sie das vielleicht auch noch?«

»Ja, ich habe es mir gemerkt, denn es kommt nur selten vor, daß hier ein Eilbrief aufgegeben wird. Die Adresse war: Mr. Shing, Bird-in-Bush Road neunhundertdrei, Peckham, London. Ich wunderte mich über den Namen der Straße. Ich hatte keine Ahnung, daß es in London derartig merkwürdige Straßennamen gibt.«

Mechanisch notierte Jack Danton, was er soeben gehört hatte. Shing! Ein indischer Name! Jack runzelte die Stirn, es kam ihm sonderbar vor. Hatte er nicht kürzlich erst etwas von Indien gehört? Auf jeden Fall mußte er die Angelegenheit untersuchen. Diesen Entschluß faßte er, als er langsam zum Schloß zurückging. Sowohl um Barbaras als um seinetwillen mußte er es tun.

Von neuem kam ihm deutlich zum Bewußtsein, was sie ihm bedeutete. Er war verzweifelt. Was für Hoffnungen hatte sie in ihm geweckt! Er konnte auch jetzt noch nicht glauben, daß sie eine Diebin war, obwohl mehr als ein Umstand dafür sprach. Zuerst hatte er sie mit diesem geheimnisvollen Mr. Smith gesehen, der eine Brillantnadel bei sich trug, die der von Mrs. Crewe-Sanders zum Verwechseln ähnlich sah. Und nun waren auf der Post seine schlimmsten Befürchtungen bestätigt worden!

13

Diana nahm den Verlust ihrer Brillantnadel tatsächlich nicht tragisch. Sie ging in Barbaras Zimmer hinüber und sah ihr beim Pakken zu.

»Alle Leute bedauern und umsorgen mich!« äußerte sie befriedigt. »Dieses Mitgefühl ist allein schon soviel wert wie die Nadel.«

»Das glaube ich nicht recht«, meinte Barbara.

»Ich bin erstaunt, daß Sie soviel Gepäck haben«, sagte Diana interessiert. »Diesen Schrankkoffer und noch zwei Ledertaschen! Es sieht fast so aus, als wollten Sie eine Weltreise machen.«

»Ja, ich habe nun mal die unselige Gewohnheit, viel Gepäck mit mir herumzuschleppen!« antwortete Barbara lachend.

Diana schwieg, denn sie hatte plötzlich einen sonderbaren Geruch in Barbaras Zimmer festgestellt. Er war nicht sehr stark, trotzdem erkannte sie, daß er von einem besonderen Parfüm herrührte – einer Duftmischung, die Diana ausschließlich für sich herstellen ließ, die also sonst niemand besitzen konnte.

»Was ist das hier für ein Geruch, Barbara?«

»Ein Geruch – wieso? Ach ja, ich habe ihn auch schon bemerkt. Von mir kann er nicht stammen, ich benütze nur Lavendelwasser.«

Diana wechselte das Thema. Kurz darauf verabschiedete sie sich, ging in ihr Zimmer und klingelte ihrer Zofe.

»Eileen, wo ist mein Parfüm?«

»Sie haben es doch in Ihre Schmuckschatulle gelegt.«

Diana schloß die Stahlkassette auf und nahm einen viereckig geschliffenen Flakon heraus. Sie sah, daß der Verschluß locker darauf saß, und als sie den Boden der Kassette abtastete, fühlte er sich feucht an.

»Ja, jetzt besinne ich mich –«, sagte sie langsam, »ich habe die Flasche gestern sehr eilig weggestellt, und dabei muß etwas ausgelaufen sein. Es ist gut, Eileen, Sie können wieder gehen.«

Diana setzte sich auf die Bettkante und dachte nach. Barbara May hatte sich also in der Kassette zu schaffen gemacht. Barbara May hatte . . . Plötzlich überlief es Diana heiß und kalt. Hastig schloß sie den Schmuckkasten wieder auf, nahm einige Papiere heraus und untersuchte sie genau. Es fehlte nichts davon.

Erleichtert atmete sie auf. Die Blätter rochen stark nach dem Parfüm, in dem sie gelegen hatten. Sie nahm sie auf, warf sie in den Kamin und zündete sie mit einem Streichholz an. Lange stand sie davor und beobachtete, wie sich die Blätter in den Flammen krümmten. Im ganzen Zimmer verbreitete sich nun der Duft des Parfüms.

Barbara May war also eine Diebin!

14

Lord Widdicombe, seine Gattin und auch Jack Danton fanden, daß Diana sich an diesem Nachmittag ungewöhnlich still und zurückhaltend verhielt.

Nachdem Barbara in ihr Zimmer gegangen war, um sich für die Reise fertigzumachen, stellte Jack Diana Wold eine Frage.

Die beiden saßen allein im großen Wohnzimmer, von dem aus man einen herrlichen Ausblick in den Park hatte.

»Eins kann ich nicht verstehen, Miss Wold«, begann er. »Wie ist es nur möglich, daß der Dieb in Ihr Zimmer eindringen und die Tür aufschließen konnte, ohne daß Sie aufwachten? Schlafen Sie immer so fest?«

Sie schüttelte den Kopf.

»Im Gegenteil, ziemlich leicht. Aber vielleicht lag es an der Tasse Schokolade, die mir Barbara May vor dem Schlafengehen brachte. Sie hatte eine außerordentlich beruhigende Wirkung.«

»Was sagen Sie da?« entfuhr es Jack.

»Barbara hat mir eine Tasse Schokolade gebracht, bevor ich einschlief«, wiederholte Diana gleichgültig. »Wir hatten vorher eine kleine Auseinandersetzung, und das sollte wohl eine versöhnliche Geste von ihrer Seite sein.«

»Und was geschah später?«

»Ich habe nicht die geringste Ahnung. Gleich darauf muß ich eingeschlafen sein. Ich schlief tief und traumlos. Die ganze Nacht bin ich kein einziges Mal aufgewacht, und so habe ich natürlich auch von diesem nächtlichen Besuch nichts gehört.«

Auf der Fahrt nach London sprach Jack Danton ziemlich wenig. Um so lebhafter und vergnügter wirkte dagegen Barbara May.

Nachdem er ihr am Bahnhof noch ein Taxi besorgt hatte – die schöne Limousine, in der er sie neulich abends beobachtet hatte, schien für andere Gelegenheiten reserviert zu sein –, verabschiedete er sich und ging zu seiner Wohnung.

Zu Hause zog er sich um, und schon eine halbe Stunde später saß er in einem Bus, der nach Süden fuhr. Er war gespannt, was er dort herausbringen würde. Als der Schaffner erschien, bat er ihn um Auskunft.

»Die Bird-in-Bush Road? Ja, da sind Sie richtig. Sie liegt in der Nähe der Kanalbrücke und zweigt von der Old Kent Road ab. Ich sage Ihnen Bescheid, wenn wir soweit sind.«

Die Straße war äußerst lang und machte verschiedene Biegungen. Zu beiden Seiten standen hübsche kleine Villen. Nummer 903 war ein Eckhaus mit einer einfachen gelbverputzten Fassade, die nicht so überladen wirkte wie die der Nachbarhäuser.

Danton klingelte nicht gleich, sondern ging erst auf der gegenüberliegenden Straßenseite auf und ab. Das Haus lag ruhig und verlassen da, und nichts deutete darauf hin, daß es bewohnt war. Im Garten wuchs Unkraut auf den Wegen, und auch sonst machte das Grundstück einen ziemlich vernachlässigten Eindruck. Die Fenster schienen monatelang nicht geputzt worden zu sein.

Allmählich wurde es dunkel. Ein Taxi kam die ruhige Straße

entlang und hielt, noch bevor es das Haus erreicht hatte, an. Ein junges Mädchen stieg aus, und Jack erkannte entsetzt, daß es Barbara war.

Sie bezahlte den Fahrer und kam näher. Ohne zu zögern, trat sie in den Vorgarten und stieg die kleine Treppe hinauf zur Haustür. Kaum hatte sie geklingelt, wurde auch schon geöffnet.

Der Bewohner des Hauses mußte also auf sie gewartet haben! Was mochte sich nun im Haus abspielen?

Jack schlenderte in die Seitenstraße hinein, die am Garten entlangführte, von wo aus er die andere Seite des Hauses unauffällig beobachten konnte. Er entdeckte aber nichts Besonderes, und schließlich kehrte er in die Bird-in-Bush Road zurück. Gerade rechtzeitig – denn eben kam Barbara aus der Tür. Schnell ging sie in Richtung Old Kent Road davon.

Sollte er ihr folgen? Nach einer Überlegung entschied er sich aber dafür, zu bleiben und sich näher mit dem Haus zu beschäftigen.

Zunächst wollte er feststellen, wer es bewohnte. Er wartete, bis Barbara außer Sicht war, dann ging er quer über die Straße und betrat den ungepflegten Vorgarten.

Als er geklingelt hatte, kam niemand, so daß er nochmals auf den Knopf drückte. Nun hörte er leise Schritte im Gang. Eine Kette rasselte, die Tür wurde vorsichtig eine Handbreit geöffnet, und im Spalt zeigte sich ein dunkles, ziemlich unfreundliches Gesicht.

»Wohnt hier ein Mr. Shing?«

»Ja«, antwortete der Inder in fließendem Englisch, »aber er ist augenblicklich beschäftigt.«

»Ich möchte ihn sprechen«, erklärte Jack ungeduldig.

»Ich werde es ihm ausrichten.«

Der Mann wollte die Tür wieder schließen, aber Jack hatte bereits den Fuß in den Spalt geschoben, so daß sie offenblieb.

»Sie können nicht hereinkommen«, sagte der Inder aufgebracht. »Ich werde Mr. Shing sagen, daß Sie ihn zu sprechen wünschen, aber Sie müssen draußen warten.«

»Ich kann auch drinnen warten!« widersetzte sich Danton, drückte mit der Schulter gegen die Tür und stieß sie auf.

Im gleichen Augenblick öffnete sich eine Tür am hinteren Ende des Flurs, und ein Mann kam heraus.

Es war nicht, wie erwartet, ein Inder, sondern ein Europäer, gut gekleidet und außergewöhnlich sympathisch.

»Was wünschen Sie?«

»Ich möchte Mr. Shing sprechen.«

»Das geht jetzt nicht«, erwiderte der andere abweisend.

»Ich möchte ihn nicht nur sprechen, sondern ich werde ihn auch sprechen!« versicherte Jack heftig.

Zu seinem größten Erstaunen lachte der andere laut auf.

»An Ihrer Stelle würde ich diesen Versuch nicht machen, Mr. Danton!«

Jack starrte ihn an.

»Woher kennen Sie mich?«

»Ich weiß, daß Sie Inspektor Danton von Scotland Yard sind.« Der Mann lächelte über die Bestürzung, die seine Worte bei Jack hervorgerufen hatten. »Und ich versichere Ihnen, daß Mr. Shing wirklich nicht in der Lage ist, Sie zu empfangen. Er ist sehr krank. Das englische Klima bekommt ihm nicht, und ich habe strenge Anweisung, dafür zu sorgen, daß er nicht gestört wird. Außerdem haben Sie kein Recht, in dieses Haus einzudringen, Mr. Danton, wenn Sie nicht ausdrücklich dazu ermächtigt worden sind.«

Das stimmte.

»Ich wollte ja nur ein paar Fragen an Mr. Shing richten«, lenkte Jack Danton ein.

»Damit müssen Sie warten, bis . . .« Der Mann überlegte kurz. »Bis Mr. Shing wieder soweit hergestellt ist, daß er sich mit Ihnen unterhalten kann.«

So endete dieses Abenteuer ziemlich erfolglos. Jack war nicht zufrieden mit sich, als er die Straße hinunterging und an der Bushaltestelle wartete, um in die Stadt zurückzufahren.

Als er vor seiner Wohnung stand und die Tür aufschließen wollte, kam ihm die Geschichte in den Sinn, die Lord Widdicombe erzählt hatte. Der Diamant der Göttin Kali! Und plötzlich wußte er, warum es ihn nicht erstaunt hatte, als ihm ein Inder die Tür öffnete.

Aber dann sagte er sich, daß die Geschichte des Lords doch wohl keinen Zusammenhang mit den Ereignissen der letzten Zeit haben konnte. Wäre der Diamant der Göttin Kali in England, dann könnte er Barbaras Benehmen vielleicht verstehen. Vor allem, daß sie mit diesem Mr. Shing zusammenarbeitete.

Die halbe Nacht lag er schlaflos in seinem Bett und grübelte nach einer Erklärung, die Barbara May entlastet hätte. Er fand keine, und unruhig schlief er endlich ein.

15

»Lesen Sie das!« sagte der Chefinspektor am nächsten Morgen, als sich Jack bei ihm zum Bericht meldete.

Jack nahm den Brief und warf einen Blick darauf. Das graue Papier kam ihm merkwürdig bekannt vor.

›Sehr geehrter Herr,
ich halte es für wichtig, Ihnen folgendes über Inspektor Jack Danton mitzuteilen: Er arbeitet mit einer Juwelendiebin zusammen, die kürzlich die Brillantnadel von Miss Diana Wold gestohlen hat. Er unterstützt sie nicht nur, er ist auch in sie verliebt. Die Dame heißt Barbara May und war Gast bei Lord Widdicombe, und zwar in der Nacht, als die Brillantnadel entwendet wurde.
Wenn Sie sich die Mühe machen wollen, weiter nachzuforschen, werden Sie feststellen können, daß sich die Dame jedesmal dann als Gast in einem Haus aufhielt, wenn dort Brillanten abhanden kamen.

Mit dem Ausdruck vorzüglicher Hochachtung
Ein aufrichtiger Freund‹

»Der Brief ist in London aufgegeben worden«, erklärte der Chefinspektor. »Nun, was haben Sie dazu zu sagen, Danton?«

Jack wurde erst rot, dann blaß.

»Das ist eine ganz abscheuliche Geschichte!« rief er erregt.

»Sehr liebenswürdig ist das Schreiben ja nicht«, stellte der Chef trocken fest. »Kennen Sie übrigens Miss May?«

»Ja, ich kenne sie sehr gut«, gab Jack offen zu. »Aber diese Verdächtigung ist unerhört!«

»Warum ärgern Sie sich darüber? Was finden Sie denn daran so besonders niederträchtig? Etwa die Behauptung, daß Sie sich in Miss May verliebt haben?«

Der Chefinspektor grinste.

»Das ganze Schreiben ist eine infame Verleumdung«, murmelte Jack aufgebracht.

»Sicher, davon bin ich überzeugt. Und Sie haben ja den Auftrag, den Briefschreiber zu entlarven. Übrigens hat Diana Wold auch ein anonymes Schreiben erhalten. Sie hat mich eben vorhin angerufen und es mir mitgeteilt.«

Jack betrachtete den Brief genauer. Die Handschrift war natürlich verstellt, aber zweifellos hatte ein gebildeter Mensch den Brief verfaßt.

»Sie waren doch auf dem Landsitz von Lord Widdicombe, als die Brillantnadel gestohlen wurde«, fuhr der Chefinspektor fort. »Haben Sie dort irgendeinen Anhaltspunkt gefunden, der uns weiterhelfen könnte?«

Jack schüttelte den Kopf.

»Nein«, log er und versuchte, seinen Vorgesetzten ruhig anzusehen.

»Hm. Nun, Sie haben damit auch nichts zu tun. Und noch eins – auf keinen Fall dürfen diese Diebstähle in der Öffentlichkeit bekanntwerden. Es darf nicht darüber gesprochen werden.«

Obwohl Dantons Auftrag deutlich auf die Sache mit den anonymen Briefen beschränkt war, interessierten ihn, aus persönlichen Gründen, die Juwelendiebstähle eben doch sehr viel mehr, und er konnte es nicht lassen, sich weiterhin darum zu kümmern.

Als er Scotland Yard verließ, suchte er die Juwelierfirma Streetley auf. Er wurde sofort ins Büro des Besitzers geführt und sah sich einem älteren, düster aussehenden Herrn gegenüber, der ihn ziemlich kühl empfing.

»Ich muß zugeben, Mr. Streetley«, begann Jack, »daß ich offiziell nichts mit der Sache zu tun habe. Ich interessiere mich dafür, weil Lord Widdicombe ein Freund von mir ist. Ich kenne auch Miss Diana Wold, deren Brillantnadel neuestens gestohlen wurde. Was mich zu Ihnen führt: Es ist allgemein bekannt, daß sämtliche in letzter Zeit gestohlenen Schmuckstücke in Ihrem Geschäft gekauft wurden, und zwar innerhalb weniger Monate.«

Mr. Streetley nickte.

»Das stimmt. Wir sind das größte Juweliergeschäft in London, und wir kaufen und verkaufen geschliffene Diamanten. Wir haben die wertvollste Sammlung kostbarer Steine in ganz Europa.«

»Haben Sie eine Erklärung dafür, warum all diese Brillantnadeln, so kurz hintereinander, gestohlen wurden? Kennen Sie jemanden, der etwas gegen Sie hat?«

Der alte Streetley lächelte.

»Selbst wenn das der Fall wäre, könnte ich nicht einsehen, warum die Leute Schmuck stehlen, den wir längst verkauft haben. Das wäre eine etwas sonderbare Rache.«

»Dann können Sie mir also keine Erklärung dafür geben?«

»Nein, leider nicht.«

Mr. Streetley war sichtlich erleichtert, daß sich der Besucher mit dieser Antwort zufriedengab und sich gleich darauf verabschiedete.

Als Jack durch die Verkaufsräume ging, sah er sich nach dem Geschäftsführer um, den er vor kurzem festgenommen und zur Polizeiwache gebracht hatte. Aber er konnte ihn nirgends entdecken.

Auch von diesem Besuch war Jack Danton begreiflicherweise nicht besonders befriedigt. Doch hatte er einen Einfall – er erinnerte sich, daß ihm ein Bekannter, ein reicher Börsenmakler, vor ein oder zwei Monaten erzählt hatte, er habe seiner Frau bei Streetley eine Brillantnadel gekauft. Wahrscheinlich würde das die nächste Station des Juwelendiebs sein!

Er rief seinen Bekannten an, erreichte ihn aber im Büro nicht. Ein zweiter Anruf hatte mehr Erfolg. Mr. Bordle war in seinem Haus in der Park Lane, und Jack machte sich auf den Weg dorthin.

»Kommen Sie nur herein, Danton!« begrüßte ihn der Makler herzlich. »Meine Frau ist beim Friseur. Mich plagt wieder einmal mein Rheuma, und ich muß zu Hause bleiben. Sie können sich denken, daß ich mich zu Tode langweile!«

»Und ich fürchte, daß Ihnen das, was ich Ihnen sagen muß, auch nicht gerade angenehm sein wird«, bemerkte Jack lachend. »Vor einiger Zeit erzählten Sie mir doch, daß Sie bei Streetley eine Brillantnadel für Ihre Frau gekauft haben.«

»Das stimmt. Ich habe sogar zwei gekauft – eine für meine Frau, und eine für meine Schwester zur Hochzeit. Aber das nächstemal gehe ich nicht mehr zu Streetley, darauf können Sie Gift nehmen.«

»Warum nicht?« fragte Jack gespannt.

»Weil mir die Leute zu aufdringlich sind«, erwiderte Bordle. »Stellen Sie sich vor – wir hatten den Schmuck kaum einen Monat, als ein Mann von der Firma erschien und uns bat, ihm die Dinger noch einmal mitzugeben, da allem Anschein nach ein Irrtum beim Fassen der Steine unterlaufen sein müsse. Die Firma wollte die Reparatur kostenlos übernehmen. Soweit ich feststellen konnte, war aber die Fassung vollkommen in Ordnung. Meine Frau wollte zuerst nichts davon wissen, den Schmuck wieder herzugeben, und meine Schwester weigerte sich anfänglich auch, es zu tun.«

»Hat Streetley denn auch von ihr die Rückgabe verlangt?« erkundigte sich Danton erstaunt.

»Ja. Und schließlich haben wir auch nachgegeben und die Brillantnadeln zurückgeschickt. Sie haben sie verdammt lange behalten. Es dauerte einen Monat, bis wir sie wiederbekamen, und soweit ich es beurteilen kann, ist nichts daran geändert worden. Übrigens haben sie einem Bekannten von mir das gleiche zugemutet.«

»Ach, sollte auch er seine Nadel zurückgeben? Wie viele solcher Nadeln mag Streetley wohl im Laufe eines Jahres verkaufen?«

»Sicher Hunderte. Es ist das beste Juweliergeschäft Londons und hat einen entsprechend großen Kundenkreis. Aber warum interessieren Sie sich so lebhaft für die Geschichte?«

»Ich werde Ihnen den Zusammenhang erklären, aber Sie dürfen zu niemandem darüber sprechen«, erwiderte Jack. »Bis jetzt ist nichts an die Öffentlichkeit gedrungen.«

Und nun erzählte er, daß mehrere der bei Streetley gekauften Brillantnadeln gestohlen worden waren.

»Meine Nadel bekommt der Dieb bestimmt nicht!« sagte Bordle und lachte schallend. »Sie befindet sich in einem Safe bei meiner Bank. Aber meine Schwester werde ich vorsichtshalber warnen.«

16

Am nächsten Tag stand ein interessanter Artikel im *Daily Telephone*, der von vielen Leuten gelesen wurde:

›Es ist ein offenes Geheimnis, daß die vornehme Gesellschaft durch eine Flut anonymer Briefe beunruhigt wird, die alle mit ›Ein aufrichtiger Freund‹ unterschrieben sind. Niemand ist vor der Unverschämtheit dieses anonymen Briefschreibers sicher, der sein Unwesen schon seit einem Jahr treibt. Die frechen Anspielungen sind bereits Anlaß zu ein paar Scheidungen gewesen. Auch einen Selbstmord kann man darauf zurückführen. Es sieht ganz so aus, als würde der Briefschreiber selbst zur Gesellschaft gehören. Jedenfalls ist er mit seinen Opfern offensichtlich gut bekannt und über ihre Verhältnisse ausgezeichnet informiert. Die Polizei macht die größten Anstrengungen, den verantwortungslosen Täter zu entlarven.‹

Am Nachmittag trat Mason, ein Berichterstatter des *Daily Telephone*, aufgeregt ins Büro seines Chefs und schloß ostentativ die Tür hinter sich.

Der Redakteur sah von seiner Arbeit auf.

»Ich habe eine tolle Sache entdeckt!« verkündete Mason. »Durch reinen Zufall bin ich dahintergekommen. Wußten Sie, daß seit einiger Zeit – es mögen etwa drei Monate sein – eine Reihe von Juwelendiebstählen verübt worden sind, über die die Öffentlichkeit nicht unterrichtet wurde? Der Wert der Beute beläuft sich mittlerweile auf achtzigtausend Pfund. Die verschiedensten Landsitze wurden bisher heimgesucht.«

Der Redakteur zog die Augenbrauen hoch.

»Nein, davon weiß ich nichts, und in den Polizeiberichten habe ich auch nichts darüber gelesen.«

»Eben. Das war auch nicht möglich, denn aus einem bestimmten Grund wurden diese Diebstähle geheimgehalten. Meiner Meinung nach vermuten die Bestohlenen, daß der Täter ihren eigenen Kreisen angehört.«

»Hat denn die Polizei die Beschreibung des gestohlenen Schmucks nicht freigegeben?«

Mason schüttelte den Kopf.

»Ich habe es von einem Mann gehört, der Nachforschungen im Landhaus von Lord Widdicombe anstellte. Allerdings handelte es sich dabei um eine ganz andere Sache. Jemand vom Personal erzählte ihm etwas von der Geschichte, bat ihn aber zugleich, nicht darüber zu sprechen. Allem Anschein nach darf das Personal nichts ausplaudern.«

»Das ist allerdings merkwürdig.« Der Redakteur lehnte sich in seinem Stuhl zurück. »Haben Sie Einzelheiten über die verschiedenen Diebstähle erfahren können?«

»In drei Fällen ist es mir gelungen, etwas herauszubekommen«, antwortete Mason. »Ich habe drei von unseren Leuten losgeschickt, um weitere Nachforschungen anzustellen. Und wenn wir dann noch eine amtliche Bestätigung erhalten, könnte das wirklich eine dicke Sache werden!«

Im Laufe des Nachmittags erhielt Mason tatsächlich weitere Meldungen und schrieb daraufhin seinen Artikel, von dem er annahm, daß er großes Aufsehen erregen würde. Nur von Scotland Yard konnte er keine Informationen bekommen. Offensichtlich hatte man dort keine Lust, Einzelheiten über einen Fall bekanntzugeben, der gerade bearbeitet wurde. Vermutlich auch tappte die Polizei selbst im dunkeln.

Um sechs Uhr meldete sich Mason mit dem fertigen Manuskript bei seinem Vorgesetzten.

»Es wird ein durchschlagender Erfolg werden!« verkündete er selbstbewußt. »Allein schon die Tatsache, daß gewisse Leute geschont werden, aber auch, daß Scotland Yard die Liste der gestohlenen Stücke nicht veröffentlicht und die Juweliere vor dem Ankauf von Brillantnadeln nicht gewarnt hat, beweist, daß viel mehr dahintersteckt, als ich anfänglich annahm.«

An diesem Abend traf der Redakteur, als er in seinem Klub speiste, Jack Danton, der zerstreut und mißmutig im Rauchsalon auf und ab schlenderte, und sprach ihn an, in der Hoffnung, doch noch etwas von amtlicher Seite herauszubekommen.

»Danton, auf Sie habe ich gerade gewartet – Ihretwegen bin ich hergekommen!«

»Um Himmels willen –«, fuhr Jack schlecht gelaunt auf, »wollen Sie etwa von mir wissen, wer der anonyme Briefschreiber ist?«

»Nein, es handelt sich um etwas Wichtigeres. Wir haben eine fabelhafte Geschichte, die wir in unserer Zeitung bringen wollen, aber bevor wir sie in Satz geben, hätte ich von Ihnen gern eine Bestätigung erhalten.«

Natürlich stimmte das nur teilweise. Der Artikel würde im *Daily Telephone* erscheinen, ob Scotland Yard die Sache nun bestätigte oder nicht. Das Geheimnis, das diese Diebstähle umgab, war an sich schon aufsehenerregend genug, um das Interesse der Leser zu wekken.

Jack Danton wartete gelassen, bis der andere mit der Sprache herausrückte.

»Sagen Sie mal«, begann nun der Redakteur und beobachtete den Inspektor scharf, »wie ist das nun eigentlich mit diesen Juwelendiebstählen?«

Jack machte ein harmloses Gesicht. Er roch den Braten und würde sich nicht hereinlegen lassen, zumal ihm der Chefinspektor ja eingeschärft hatte, nichts über die Sache verlauten zu lassen.

»Was für Diebstähle sollen das sein?« fragte er mit gespieltem Erstaunen. »Meinen Sie den Einbruch ins Juweliergeschäft Carter and Smith in der Regent Street?«

»Mein lieber Freund, mir machen Sie nichts vor! Sie wissen ganz genau, daß ich etwas anderes meine – ich spreche von den merkwürdigen Diebstählen in verschiedenen Landhäusern, Schlössern und so weiter. In der letzten Zeit sind etliche Brillantnadeln gestohlen worden – wahrscheinlich jedesmal von jemandem, der zur Zeit des Diebstahls Gast in dem betreffenden Haus war.«

»Davon habe ich wirklich nichts gehört.« Jack Danton schüttelte den Kopf. »Ihr Zeitungsleute seid doch tüchtige Kerle – grabt Geschichten aus, von denen selbst Scotland Yard noch nichts weiß! Offen gestanden, ich glaube, daß ihr selbst von Zeit zu Zeit einen kleinen Einbruch inszeniert, nur damit ihr als erste einen aufsehenerregenden Bericht in die Welt setzen könnt.«

Der Redakteur, ein alter Freund von Jack Danton, ließ sich jedoch nicht aus der Ruhe bringen.

»Geben Sie nicht so an!« brummte er. »Indirekt haben Sie mir jetzt doch die Bestätigung gegeben, die ich von Ihnen wollte. Der Artikel kommt morgen in die Frühausgabe.«

»Tun Sie, was Sie nicht lassen können«, meinte Jack uninteressiert. »Ich kann Sie nicht daran hindern. Aber bilden Sie sich nicht ein, daß ich den Quatsch lese!«

Der Redakteur lachte, trank seine Tasse aus und kehrte zufrieden in sein Büro zurück.

Dort angekommen, ließ er Mason zu sich kommen.

»Haben Sie noch irgend etwas über die Diebstähle herausbekommen?« fragte er.

»Ich habe genug Material, um noch einen zweiten Artikel folgen zu lassen, vor allem über die beiden letzten Fälle.«

Der Redakteur stimmte Mason zu, daß jetzt vor allem einmal der erste Artikel in Satz gehen müsse, die neuesten Informationen jedoch für eine Fortsetzung aufgespart werden sollten.

Nichts schien dem Erscheinen des sensationellen Berichts mehr im Wege zu stehen, als plötzlich zwei Beamte von Scotland Yard gemeldet wurden. Der eine davon war der Chefinspektor persönlich. Sie wurden sofort ins Redaktionsbüro geführt.

»Wir haben erfahren, daß Sie noch heute abend einen Artikel drucken wollen, an dem wir besonders interessiert sind. Es soll sich dabei um gestohlene Schmuckstücke handeln.«

»Ganz richtig«, bestätigte der Redakteur. »Wollen Sie uns noch einiges darüber erzählen?«

»Nein, um Himmels willen, nein!« rief der Chefinspektor aus. »Im Gegenteil, ich möchte Sie bitten, den Artikel auf keinen Fall zu bringen!«

»Und warum nicht?«

»Aus verschiedenen Gründen. Vor allem ist es im Interesse der Aufklärung dieser Fälle von höchster Bedeutung, daß nichts darüber in die Öffentlichkeit dringt. Sie werden also einsehen, daß ich auf meiner Forderung bestehen muß.«

So kam es, daß der Bericht, zum verständlichen Ärger des Redakteurs und des Berichterstatters, vorerst nicht im *Daily Telephone* erscheinen konnte.

Ein ganz ähnlicher Vorfall, wenn auch mehr privater Natur, der sich an diesem Abend ereignete, war dazu angetan, das Rätselraten um die ganze Angelegenheit noch zu steigern.

Diana Wold hatte nämlich versucht, in einem Telegramm ihre Freundin in Cannes von dem Diebstahl in Kenntnis zu setzen. Zwei Stunden, nachdem sie es aufgegeben hatte, kam das Formular zurück mit dem amtlichen Vermerk: ›Von der Beförderung ausgeschlossen.‹

Empört lief sie ans Telefon, um herauszubekommen, wer dies veranlaßt habe. Schließlich erfuhr sie von einem Beamten des Londoner Telegrafenamtes, daß leider eine Anordnung der Polizei vorliege, keine Telegramme zu befördern, in denen von bestimmten Diebstählen die Rede sei.

»Die Polizei ist dem Täter auf der Spur«, versuchte der Beamte ihr zu erklären, »und je weniger über die Sache gesprochen und geschrieben wird, desto besser.«

Diana legte auf und zerbrach sich den Kopf darüber, was da eigentlich gespielt würde.

17

In den nächsten vier Tagen gelang es Jack nicht, Barbara zu treffen, obwohl er jeden Morgen in den Hydepark ging, um sie vielleicht beim Reiten anzutreffen. Er ärgerte sich über sich selbst, daß er das tat, konnte sich aber der Enttäuschung, wenn er ihr nicht begegnete, nicht erwehren. Schließlich hielt er es nicht länger aus – er mußte sie sehen und versuchen, den Verdacht zu entkräften und diesen Alpdruck von sich abzuschütteln.

Sollten sich aber seine schlimmsten Befürchtungen als berechtigt herausstellen, dann konnte er ihr vielleicht helfen, den Folgen ihres gefährlichen Tuns zu entgehen. Er war fest davon überzeugt, daß sie das Opfer einer Verbrecherbande geworden war und für andere die Kastanien aus dem Feuer holen mußte.

Zuerst hatte er vorgehabt, sie anzurufen und ihr anzukündigen, daß er sie besuchen wolle, aber er befürchtete, daß sie sich dann vielleicht weigern würde, ihn zu empfangen.

So machte er sich unangemeldet auf den Weg zu ihrer Wohnung. Als er den Flur des Mietshauses betrat, kam gerade der Aufzug von oben herunter. Er wich ein paar Schritte hinter einen Mauervorsprung zurück und hatte so Gelegenheit, unbemerkt die zwei Männer zu beobachten, die den Lift verließen. Der erste war der Herr, den Jack in dem Haus an der Bird in Bush Road gesehen hatte, der zweite der angebliche Geschäftsführer von Streetley. Sie sprachen leise miteinander.

Zu gerne hätte er sich eingehender mit den beiden Herren beschäftigt, aber eine gewisse Scheu hielt ihn davon ab, noch mehr in Barbaras Privatleben herumzuspionieren.

Im dritten Stock öffnete ihm ein hübsches Hausmädchen die Wohnungstür und führte ihn gleich in das kleine, aber hübsch eingerichtete Wohnzimmer.

Ein paar Minuten später erschien Barbara May.

»Das ist aber eine große Überraschung, Mr. Danton! Ich freue mich sehr, Sie zu sehen. – Ist etwas passiert?« fragte sie schnell, als sie sein bedrücktes Gesicht sah.

»Ja, eigentlich schon . . .« Er zögerte. »Ich habe vorhin die zwei Herren gesehen, die aus dem Aufzug kamen. Waren das Bekannte von Ihnen?«

Sie errötete leicht.

»Ich weiß nicht, von wem Sie sprechen. Zwei Herren waren allerdings gerade bei mir – in geschäftlichen Angelegenheiten.«

»Ich meine den Mann, der sich als Mr. Smith, Geschäftsführer der Juwelierfirma Streetley, ausgegeben hat. Er war in Begleitung eines anderen Herrn, der in der Bird in Bush Road wohnt«, bemerkte Jack kühl.

Barbaras Erröten war ihm nicht entgangen.

»Das klingt alles sehr geheimnisvoll, Mr. Danton«, erwiderte Barbara nach einer Pause. Sie sprach ruhig und sah ihn offen an. »Wollen Sie mir nicht etwas mehr darüber sagen? Bitte, erklären Sie es mir doch.«

»Nun gut«, sagte Jack, genauso ruhig. »Jedesmal, wenn einer dieser geheimnisvollen Juwelendiebstähle verübt wurde, waren Sie in dem betreffenden Haus anwesend. Ich selbst habe erlebt, wie Sie am Morgen nach dem Diebstahl in Lord Widdicombes Schloß mit mir zur Post gingen, um einen Eilbrief aufzugeben, von dem Sie mir aber nichts sagten. Im Gegenteil, Sie täuschten mich, indem Sie unter einem Vorwand noch einmal ins Postamt zurückkehrten. Wie ich nachher erfuhr, war der Brief an eine Adresse in London gerichtet, nämlich an das Haus in der Bird in Bush Road, in das ich Sie nach unserer Rückkehr nach London dann auch gehen sah. Wie ich feststellte, wohnt dort ein Inder.« Jack wartete, und als Barbara schwieg, fühlte er, daß er ihr eine Erklärung für sein Vorgehen schuldig war. »Ich mache mir die größten Sorgen Ihretwegen. Bitte, glauben Sie mir, daß ich nicht als Beamter von Scotland Yard zu Ihnen gekommen bin, sondern nur als – Ihr Freund, der verhindern möchte, daß Sie noch tiefer in Dinge verwickelt werden, die für Sie kein gutes Ende nehmen können.«

Sie warf ihm einen warmen Blick zu und legte spontan ihre Hand auf die seine.

»Das ist sehr lieb von Ihnen, Jack, aber ich glaube, Sie sorgen sich umsonst. Ich ...« Sie stockte, dann fuhr sie fort: »Auf keinen Fall dürfen Sie sich meinetwegen in Ungelegenheiten bringen.«

»Aber wollen Sie mir denn nicht sagen, was das alles zu bedeuten hat? Barbara, haben Sie Dianas Brillantnadel genommen?«

Sie antwortete nicht.

»Sagen Sie mir doch ... Um Himmels willen, sprechen Sie offen mit mir! Diese Geschichte treibt mich aber wirklich zur Verzweiflung.«

Plötzlich erhob sie sich. Sie war blaß geworden.

»Ich kann Ihnen nichts erklären, Jack! Wenn Sie glauben, daß ich den Schmuck gestohlen habe, und wenn Sie mich für eine Diebin halten – ich kann im Augenblick nichts daran ändern, sondern muß Sie in Ihrem Glauben lassen. – Denken Sie vielleicht, daß ich auch die anonyme Briefschreiberin bin?« fragte sie und lächelte leicht.

»Nein, nein, das können Sie nicht getan haben! Barbara, sind Sie irgendwelchen Verbrechern in die Hände gefallen? Benützt man Sie als Werkzeug? Kann ich Ihnen nicht helfen?«

Er war so aufgeregt, daß er kaum noch klar denken konnte.

Sie schüttelte den Kopf.

»Nein, Sie können mir nicht helfen – nur ...« Sie sprach ganz leise, so daß er sie kaum verstand. »Nur – vertrauen Sie mir! Doch jetzt werde ich Tee bringen lassen, und Sie dürfen keine weiteren Fragen stellen.«

»Barbara –«, beharrte er, »hängt dieses Geheimnis mit dem Diamanten der Göttin Kali zusammen?«

Sie wurde noch blasser und sah ihn fast furchtsam an.

»Was sagen Sie?« fragte sie hastig. »Was hat das alles mit dem Diamanten der Göttin Kali zu tun? Ich – ich verstehe Sie nicht, Jack ...«

Sie verließ schnell das Zimmer.

Ein paar Minuten später kam ihr Mädchen herein.

»Miss May hat Kopfschmerzen und läßt sich entschuldigen. – Soll ich Ihnen den Tee bringen?«

»Nein, danke vielmals«, sagte Jack und erhob sich unsicher.

Seine Gedanken wirbelten durcheinander, als er auf die Straße hinaustrat. Wie im Traum ging er weiter.

Barbara May war eine Diebin!

18

Diana Wold besaß ein großes Vermögen. Ihr gehörten zudem ein prachtvolles Stadthaus in London, ein Landgut in Norfolk, eine Villa in Cannes und ein kleines Château am Ufer des Comer Sees. Der Verlust der Brillantnadel bereitete ihr nicht die geringsten Kopfschmerzen. Im Gegenteil – sie empfand eine gewisse Befriedigung über die Aufregung, die entstanden war, und die Anteilnahme, die man ihr entgegenbrachte. Denn im Grunde langweilte sie sich ständig und wußte nicht, was sie mit ihrer Zeit anfangen sollte. Darum war sie für derartige Abwechslungen geradezu dankbar.

Viele Männer hatten schon um Dianas Hand angehalten, doch allen gegenüber verhielt sie sich gleichgültig und unzugänglich. Männer interessierten sie nur wenig. Zweifellos war sie sehr schön, und sie wußte das auch, aber nie hatte sie den Wunsch gehabt, Eindruck auf Männer zu machen – bis sie mit Jack Danton zusammentraf, dessen gerades Wesen eine besondere Anziehung auf sie ausübte. Außerdem war er der einzige gutaussehende junge Mann ihres Bekanntenkreises, der ihr gegenüber nicht blasiert und eingebildet auftrat. Er hatte ihr nicht den Hof gemacht und ihr nie geschmeichelt, und wenn er sie – wie sie glaubte – mit Absicht vernachlässigte, so hatte das für sie den Reiz der Neuheit.

Sie kannte ihn von früher her, als er noch beim Militär war. Damals schon kümmerte er sich wenig um sie, doch hatte sie sich noch nichts daraus gemacht. Aber nun hatte sie es plötzlich satt.

»Jack Danton behandelt mich, als ob ich irgendein elegantes, aber nutzloses Möbelstück wäre!« beschwerte sie sich, als sie mit Lord Widdicombe zusammen in die Stadt fuhr. »Ich habe den begreiflichen Wunsch, als lebendiges Wesen angesehen zu werden.«

»Das heißt bei dir soviel, als daß er dir den Hof machen soll –«, stellte der Lord lakonisch fest. »Aber sein Verhalten kann dir doch nur angenehm sein. Danton ist eben klug genug, sich eine Menge Ungelegenheiten zu ersparen.«

Sie lachte spöttisch. »Ich glaube nicht, daß er überhaupt imstande ist, eine Frau anzuhimmeln.«

Eigentlich hatte sie erwartet, daß Jack ihr einen Besuch machen würde, nachdem sie nun auch nach London zurückgekehrt war, aber er ließ sich nicht blicken. Schließlich schrieb sie ihm ein paar Zeilen und lud ihn zum Tee ein.

Er kam pünktlich auf die Sekunde, und schon diese Korrektheit ärgerte sie. Zu deutlich gab er zu erkennen, daß es sich, was ihn anging, hier nur um eine Formalität handelte.

»Jack«, sagte sie, nachdem sich die Unterhaltung eine Weile mühsam hingeschleppt hatte, »man könnte meinen, Sie hätten ein Buch mit Anstandsregeln gelesen und beherzigten nun, wie man höflich, aber belanglos Konversation macht. Ich hatte gehofft, Sie würden mir interessante Neuigkeiten berichten. Können Sie mir nicht einen kleinen Einblick in Ihre Tätigkeit geben? Sie haben doch Morde aufzuklären und kommen mit echten Verbrechern zusammen! Es muß ein aufregendes Leben sein, das Sie führen.«

Er sah sie so bestürzt an, daß sie lachen mußte.

»Aber, Jack, Sie glauben doch nicht etwa, es hätte niemand eine Ahnung davon, daß Sie bei der Polizei sind? Wir wissen alle sehr gut, daß Sie für Scotland Yard arbeiten. Deshalb ist die Bekanntschaft mit Ihnen doch so faszinierend.«

Er lachte verlegen.

»Es tut mir leid, wenn ich Sie in dieser Beziehung enttäuschen muß, denn ich hatte bisher noch keine großen Fälle zu bearbeiten. Außerdem ist das Leben bei der Kriminalpolizei nicht so romantisch, wie Sie vielleicht denken. Wir arbeiten nach modernen wissenschaftlichen Methoden, und im allgemeinen ist die Sache nicht so aufregend oder unterhaltsam. Aufsehenerregende Verbrechen kommen nur hin und wieder vor.«

»Warum heiraten Sie eigentlich nicht?« fragte sie lächelnd unvermittelt.

»Warum sollte ich denn heiraten?« Er seufzte indigniert. »Liebe Miss Wold . . .«

»Bitte, sagen Sie nicht immer ›Miss Wold‹ zu mir! Früher haben Sie mich doch mit dem Vornamen angeredet – aber wenn Sie das jetzt nicht mehr tun wollen, dann kann ich Sie auch nicht länger Jack nennen.«

»Gut, dem kann abgeholfen werden, Diana!« meinte er lächelnd. »Sie wollen also wissen, warum ich noch nicht geheiratet habe? – Ja, das mag der Himmel wissen. Zunächst einmal bin ich arm und habe nicht genug Geld, um eine Frau unterhalten zu können. Und zweitens . . .«

»Ja – und zweitens?« wiederholte sie, als er zögerte.
»Zweitens gibt es niemanden, der mich heiraten will.«
»Und – lieben Sie keine Frau?«
»Nein«, antwortete er brüsk.
Sie sah auf das Taschentuch, das sie in der Hand hielt.
»Meiner Ansicht nach sollte bei Ihnen, meine ich, die Geldfrage entscheidend sein. Warum heiraten Sie nicht ein reiches Mädchen? Es gibt so viele.«
»Ich wüßte keine, die ich ... Außerdem würde ich es nicht ertragen, vom Geld meiner Frau zu leben.«
»Warum nicht? Da sieht man wieder einmal Ihren unglaublichen Hochmut! Wenn Sie ein reicher Mann wären, würden Sie es sich keinen Augenblick überlegen, ein armes Mädchen zu heiraten, im Gegenteil, Sie würden sich wahrscheinlich noch als Wohltäter vorkommen, und Ihre Frau müßte es auch hinnehmen.«
Doch Jack schüttelte den Kopf.
»In dieser Beziehung bin ich anderer Meinung. Ich eigne mich nicht als Almosenempfänger.«
Diana ärgerte sich über diese Antwort. Sie hatte zwar keine Lust, Jack zu heiraten – sie wollte überhaupt nicht heiraten, wenn sie ehrlich war –, aber sie würde es gerne gesehen haben, wenn er ihr einen Antrag gemacht hätte, um über ihn triumphieren und ihn ihre Macht spüren lassen zu können. Aber Jack schien überhaupt nicht an so etwas zu denken, und sie fing an, ihn deswegen zu hassen.
»Lieben Sie Barbara May?«
Jack zuckte zusammen.
»Der anonyme Briefschreiber behauptet es – jedenfalls hat er das meinem Vorgesetzten mitgeteilt.«
»Ach, erzählen Sie mir doch etwas davon: Wissen Sie, wer diese unverschämten Briefe verfaßt?« fiel sie sofort ein. »Glauben Sie, daß es ein Mann ist oder eine Frau? Also haben auch Sie sein Interesse auf sich gezogen! Und er behauptet, Sie seien in Barbara verliebt? Das finde ich gar nicht so dumm von ihm.«
»Nun, mir kam es nicht besonders klug vor, und eines Tages werde ich diesen ›aufrichtigen Freund‹ festnehmen, und er wird nichts zu lachen haben, wenn er vor Gericht steht.«
Also – es stimmte: Jack liebte Barbara! Diana hatte sich nicht getäuscht. Sie hatte ihn durchschaut, doch sie ärgerte sich über diese Gewißheit. Sie konnte Barbara nicht ausstehen, und es war ihr klar, daß das auf Gegenseitigkeit beruhte.

Diana wußte, daß Barbara May die Diebin war. Was für eine Sensation würde es geben, wenn Jack Danton als Beamter von Scotland Yard die Frau verhaften mußte, die er liebte.

Der Gedanke gefiel ihr.

19

Nachdem Danton gegangen war, überlegte Diana, was sie als nächstes tun mußte, um den Stein ins Rollen zu bringen.

Barbaras Adresse kannte sie. Vor allem mußte sie sich Zutritt zu ihrer Wohnung verschaffen und bei einer günstigen Gelegenheit die Räume durchsuchen. Sie war fest davon überzeugt, daß sie dort genug Beweise für Barbaras Schuld finden würde.

Als nächstes telefonierte Diana mit einer Detektivagentur. Sie bat den Inhaber, sie aufzusuchen.

»Ich will ganz offen mit Ihnen sprechen, Mr. Day«, sagte sie, als der Chef des Unternehmens vor ihr saß. »Ich habe eine meiner Freundinnen in Verdacht, der anonyme Briefschreiber zu sein, von dem Sie sicher gehört haben.«

»Ach, Sie wissen, wer dieser ›aufrichtige Freund‹ ist?«

Diana nickte.

»Ich möchte aber nicht, daß sich die Polizei mit der Sache befaßt, denn ich will verhüten, daß die Dame in der Öffentlichkeit bloßgestellt wird. Es wäre zu peinlich, wenn sie vor Gericht erscheinen müßte. Aber ich möchte auf jeden Fall feststellen, ob sich mein Verdacht bestätigt. Deshalb will ich ihre Wohnung durchsuchen, während sie und ihr Mädchen ausgegangen sind.«

Mr. Day gefiel die Sache nicht.

»Das ist aber eine sehr riskante Angelegenheit. Da kommen wir der Kriminalpolizei in die Quere. Ich darf so etwas nicht machen, denn ich war früher selbst Beamter von Scotland Yard. Es geht um meinen guten Ruf.«

»Sie erhalten eine so hohe Belohnung, daß Sie Ihr Risiko nicht zu bereuen brauchen«, versicherte Diana schnell. »Außerdem erwarte ich von Ihnen gar nicht, daß Sie die Wohnung betreten. Sie müßten mir nur den Schlüssel beschaffen.«

»Das ist etwas anderes«, versicherte der Detektiv bereitwillig. »Einen Schlüssel zu der Wohnung kann ich Ihnen besorgen. Und ich kann Ihnen auch behilflich sein, indem ich herausbringe, wann die Dame und ihr Mädchen die Wohnung verlassen.«

»Mehr verlange ich gar nicht von Ihnen!« Diana öffnete ihren zierlichen Schreibtisch und nahm mehrere Banknoten und einen Zettel heraus. »Hier sind zunächst hundert Pfund als Anzahlung, Mr. Day – und hier ist die Anschrift der Dame . . .«

Hocherfreut verabschiedete sich der Detektiv.

Drei Tage später, an einem Donnerstag, meldete er sich wieder bei Diana. Den Schlüssel zu Barbaras Wohnung hatte er mitgebracht.

Diana steckte ihn lächelnd ein.

Am nächsten Morgen wurde sie angerufen.

»Die Person, für die Sie sich interessieren, ist heute nach Sunningdale gefahren, wo sie Mrs. Mersham besucht. Sie hat ihr Mädchen mitgenommen.«

Diana suchte alle Schubladen- und Schrankschlüssel zusammen, die sie finden konnte, denn wenn die Wohnung irgendwelche Schuldbeweise enthielt, würden sie sicher eingeschlossen sein.

Als sie das Mietshaus betrat, in dem Barbara May wohnte, war keine Menschenseele zu sehen. Leise stieg sie die drei Treppen hinauf – sie hielt es für sicherer, als den Aufzug zu benutzen. Oben öffnete sie die Tür zu Barbaras Wohnung, die sie sofort hinter sich wieder verschloß.

Sie durchsuchte ein Zimmer nach dem anderen, fand aber keine verdächtigen Dinge. Zuletzt kam sie ins Schlafzimmer. Es war groß, hell und modern möbliert. Nur eine einzige Schublade war abgeschlossen, und als Diana sie mit einem der mitgebrachten Schlüssel aufbekam, mußte sie feststellen, daß sie leer war.

Schon wollte sie das Zimmer wieder verlassen, als ihr der Gedanke kam, das Bett zu untersuchen. Und tatsächlich – als sie unter das Kopfkissen faßte, spürte sie etwas Hartes unter dem Laken. Sie zog das Tuch weg und sah, daß in die Matratze ein viereckiger Ausschnitt eingearbeitet war, in dem sich, genau eingepaßt, eine Stahlkassette befand. Zitternd vor Aufregung hob Diana sie heraus und trug sie zum Tisch in der Nähe des Fensters.

Der Kasten war zwar verschlossen, aber das Schloß nicht besonders kompliziert. Schließlich gelang es ihr, es zu öffnen. Staunend erblickte sie in den verschiedenen Fächern der Kassette die – Brillantnadeln. Immer zwei lagen in einem Fach zusammen. An jeder Nadel war ein Zettel mit dem Namen des Besitzers befestigt. Auch ihre eigene Nadel entdeckte sie. Die Kassette hatte noch einen zweiten Einsatz – ohne Inhalt.

Was sollte sie jetzt tun? Sie befand sich in einer schwierigen Situation. Unmöglich konnte sie die Stahlkassette zur Polizei tragen. Sie hätte ja zugeben müssen, daß sie unerlaubterweise in Barbara Mays Wohnung eingedrungen war. Damit machte sie sich selbst verdächtig. Und wenn die Sache herauskam, würden alle ihre Bekannten ihr Vorgehen scharf verurteilen, auch wenn es in bester Absicht erfolgt war.

Aber dann kam ihr ein guter Gedanke. Sie verschloß die Kassette wieder, stellte sie an ihren Platz in der Matratze zurück, brachte das Bett in Ordnung und verließ die Wohnung.

Sie war außer sich vor Schadenfreude, als sie in ihrem Auto nach Hause fuhr, denn nun konnte sie sich an Barbara rächen.

Sie rief Scotland Yard an, und der Zufall wollte es, daß sie Jack Danton selbst erwischte.

»Ach bitte, kommen Sie doch so schnell wie möglich zu mir – ich muß Ihnen etwas Wichtiges mitteilen!«

»Es tut mir außerordentlich leid«, entschuldigte er sich, »aber ich habe im Augenblick keine Zeit.«

»Ich sagte Ihnen doch, daß es äußerst wichtig ist – es handelt sich um Barbara May.«

»Gut, ich komme«, antwortete er kurz.

Sie konnte seine Ankunft kaum erwarten und schwelgte im Vorgefühl ihrer Genugtuung.

Welch niedriger Gefühle sie fähig war, konnte er nicht ahnen, und es würde noch eine Weile dauern, bis er dahinterkam.

Als er eintrat, saß sie am Teetisch.

»Ich bin aber nicht zum Tee gekommen, Diana!« stellte er ärgerlich fest.

»Sie werden dennoch Tee mit mir trinken«, erwiderte sie liebenswürdig. »Ich muß Ihnen etwas Wichtiges sagen, und am Teetisch komme ich erst in die richtige Stimmung, um Skandalgeschichten zu erzählen.«

Zögernd setzte er sich und wartete. Er war gespannt, was sie ihm zu berichten hatte.

»Sie sind doch Kriminalbeamter, Jack?« fragte sie und reichte ihm eine Tasse.

»Ja, das wissen Sie doch längst«, antwortete er schroff.

»Sie haben also einen Diensteid abgelegt, und soviel ich weiß, müssen sich Beamte ebenso an ihren Eid halten wie Soldaten.«

Er stellte die Tasse auf den Tisch zurück.

»Worauf wollen Sie eigentlich hinaus?«

»Ich habe herausgebracht, wer der Juwelendieb ist!« rief sie triumphierend. »Und ich kann Ihnen auch sagen, wo die gestohlenen Schmuckstücke sich befinden – in der Wohnung von Barbara May! Sie liegen in einer Stahlkassette unter ihrem Kopfkissen.«

Er war wie vom Donner gerührt.

»Wo ist Barbara?« fragte er leise.

»Ich weiß es nicht – und es interessiert mich auch nicht. Aber ich sage Ihnen noch einmal, Jack, daß sich der Schmuck in ihrer Wohnung befindet. Es ist Ihre Pflicht, dies Ihrem Vorgesetzten zu melden.«

Zögernd erhob er sich.

»Ja, das muß ich wohl . . .«

Diana war sicher, daß er es tun würde.

20

Der Chefinspektor hörte sich Jacks Bericht an, aber er schien ihn nicht sonderlich zu beeindrucken.

»Woher weiß denn Miss Wold, daß die gestohlenen Schmuckstücke in Miss Mays Wohnung liegen?«

»Ich habe keine Ahnung, wie sie auf diese Idee gekommen ist«, erwiderte Jack müde. »Ich habe die Sache gemeldet und damit meine Pflicht getan.«

»Nun gut.« Der Chef drückte auf die Klingel. »Da Sie nun einmal in den Fall verwickelt sind, ist es wohl am besten, wenn Sie die Durchsuchung der Wohnung selbst übernehmen. Ich lasse gleich den Haussuchungsbefehl ausfertigen, dann haben Sie weiter keine Schwierigkeiten, hineinzukommen. Und da Miss Wold sich so dafür interessiert, halte ich es für zweckmäßig, wenn sie mit dabei ist.«

»Muß das sein?«

»Ja«, entschied der Chef. »Die Dame hat eine schwere Anschuldigung gegen Miss May erhoben, uid ich bestehe darauf, daß das Schlafzimmer in ihrer Gegenwart durchsucht wird.«

Jack Danton war wütend, aber es blieb ihm nichts anderes übrig, als Diana anzurufen.

»Wann soll das stattfinden?« fragte sie liebenswürdeig.

»Ich bin in einer Stunde dort«, sagte er und hängte ein.

Sie wartete bereits vor dem Hauseingang, als Jack, begleitet von zwei Kriminalbeamten, eintraf. Er beachtete sie kaum.

»Sie benehmen sich aber nicht sehr korrekt«, beklagte sie sich, als sie zusammen im Aufzug nach oben fuhren. »Ich habe doch wohl das Recht, mich darum zu kümmern, wer meine Brillanten gestohlen hat!«

Er überhörte diese Bemerkung.

Es war den Beamten ein leichtes, die Wohnung zu öffnen. Diana zeigte auf die Schlafzimmertür, doch Jack Danton trat ihr in den Weg.

»Vor allem muß ich jetzt wissen, woher Sie erfahren haben, daß sich die gestohlenen Juwelen hier befinden sollen!«

»Es ist mir eine entsprechende Mitteilung zugegangen«, erwiderte sie gleichgültig. »Mehr kann ich Ihnen leider nicht sagen.«

»Gut, dann zeigen Sie uns jetzt das Versteck.«

»Mit dem größten Vergnügen.« Sie ging voran ins Zimmer, schlug das Bett auf, zog Kissen und Laken weg. »Sehen Sie – da!« sagte sie triumphierend und zeigte auf die schwarze Stahlkassette.

Beklommen nahm Jack den Kasten heraus und stellte ihn auf den Tisch. Einer der Beamten zog einen Bund Nachschlüssel aus der Tasche und hatte die Kassette im Nu offen.

»Hier haben Sie die gestohlenen Sachen!« rief Diana aus.

»Wo denn?« fragte Jack.

Sie starrte hinein und wollte ihren Augen nicht trauen. Der erste Einsatz war leer. Hastig nahm Diana ihn heraus. Auch der zweite Einsatz enthielt nichts, und darunter lag nur ein Stück Papier, auf dem eine mit Schreibmaschine geschriebene Zeile stand. Jack las sie und konnte ein Grinsen nicht unterdrücken.

Er reichte Diana den Zettel. ›Tut mir leid, daß ich Sie enttäuschen muß!‹ stand darauf.

Das war fast zuviel für Jack. Eine Stunde lang hatte er das Schlimmste befürchtet – und nun dies!

Er lachte schallend.

»Wo also ist Ihre Nadel, Miss Wold?« fragte er nach einer Weile, als er sich etwas erholt hatte.

»Noch vor ein paar Stunden war sie hier – darauf kann ich einen Eid leisten«, gab sie wütend zurück. »Ich habe sie mit eigenen Augen gesehen!«

»Ach – gesehen haben Sie die Nadel? Sehr interessant! Dann haben Sie also die Wohnung durchsucht? Das hätte ich aber an Ihrer Stelle nicht getan!«

»Ich habe es aber getan –«, antwortete sie trotzig. »Es hat keinen Zweck, daß Sie mich so entrüstet anstarren. Ich sage Ihnen, daß ich alle gestohlenen Nadeln heute morgen noch hier in der Kassette gesehen habe. Sechs Stück!«

Ohne ein weiteres Wort zu verlieren, wandte sie sich ab und verließ das Zimmer.

»Also, das wäre erledigt«, meinte Jack abschließend, nachdem sie gegangen war. »Und nun muß ich Miss May erklären, wieso ich in ihre Wohnung eingedrungen bin – noch dazu mit einem Haussuchungsbefehl. Das wird nicht leicht sein.«

Er konnte es nicht verstehen. Etwas mußte doch an der Sache gewesen sein. Er war fest davon überzeugt, daß Diana nie eine so schwere Anklage gegen Barbara May erhoben hätte, wenn sie nicht sicher gewesen wäre, daß sich der Schmuck in der Wohnung befand.

Das Vorhandensein des Zettels auf dem Boden der Kassette bewies außerdem, daß etwas darin gewesen sein mußte, jedoch entfernt worden war, bevor er mit den Beamten in der Wohnung eintraf.

Aber Barbara war doch gar nicht in London gewesen! Sie war bei Bekannten auf dem Lande zu Besuch und konnte daher die Juwelen nicht fortgeschafft haben – immer vorausgesetzt, daß sie überhaupt in der Wohnung versteckt gewesen waren.

21

Als Jack vernahm, daß Barbara May nach London zurückgekehrt war, suchte er sie auf. Er wollte sich bei ihr wegen der polizeilichen Durchsuchung ihrer Wohnung entschuldigen.

Aber sie unterbrach ihn sogleich mit einem Lächeln.

»Ich weiß genau, was geschehen ist, Mr. Danton, und ich weiß auch, daß Sie dafür nicht verantwortlich sind. Aber ich mache Ihnen einen Vorschlag. Wie wäre es, wenn Sie Diana eine Stellung bei Scotland Yard verschafften? Sie scheint eine ausgezeichnete Detektivin zu sein. Es muß eine furchtbare Enttäuschung für sie gewesen sein, als sie entdeckte, daß ich nicht die Juwelendiebin bin.«

Sie sah ihn an. Beide mußten lachen.

»Wissen Sie«, fragte Jack, wieder ernst, »daß alle gestohlenen Brillantnadeln ihren Eigentümern zurückgegeben wurden? Auch Diana hat ihre Nadel wieder erhalten.«

»Ach, das ist ja interessant«, murmelte sie. »Man hat tatsächlich alle Nadeln zurückgegeben?«

»Ja.«

Barbara brachte das Gespräch auf andere Dinge. Jack fand plötzlich, daß sie blaß und angegriffen aussehe. Ihre Augen hatten den strahlenden Ausdruck verloren, und sie schien nervös zu sein.

Kurz bevor er ging, kam sie noch einmal auf Diana zurück.

»Zum Zeichen, daß ich ihr nichts nachtrage, will ich auf die Gesellschaft gehen, die sie heute abend gibt. – Werden Sie auch dort sein?«

Jack hatte ebenfalls eine Einladung erhalten, sie aber ignoriert. Wenn aber Barbara hinging, änderte das die Sache natürlich.

»Wenn Sie dort sind – gut, dann werde ich auch kommen. Es ist recht großzügig von Ihnen, daß Sie Diana so schnell verzeihen!«

»Jack, wissen Sie auch, daß Diana zwei Brillantnadeln hat? Nun werde ich Gelegenheit haben, auch die andere Nadel zu stehlen. Aber verraten Sie mich nicht!«

Sie zwinkerte ihm zu.

Jack war entsetzt.

»Barbara, Sie wissen nicht, was ich in den letzten Tagen alles durchgemacht habe! Bitte, regen Sie mich nicht noch mehr auf!«

22

Diana gab stets glänzende Gesellschaften. Jack hatte zwar nichts anderes erwartet, als viele berühmte Leute dort zu treffen, aber dieses Aufgebot an gesellschaftlichen Größen überraschte ihn dennoch.

Er stieg die breite Treppe hinauf – oben stand Diana und begrüßte die Gäste. Sie trug ein kostbares Kleid aus Silberlamé, und ihre blonden Locken türmten sich auf ihrem kleinen Kopf zu einer kunstvollen Hochfrisur. Sie sah blendend aus. In der Haltung einer Dame von Welt begrüßte sie Minister, Botschafter, deren Gattinnen – und auch Jack empfing sie mit einem strahlenden Lächeln.

»Ich freue mich, daß gerade Sie gekommen sind –«, sagte sie leise. »Haben Sie mir verziehen?«

»Was hätte ich Ihnen zu verzeihen?« fragte er abweisend, denn er konnte ihr ihr niederträchtiges Verhalten durchaus nicht verzeihen.

»Ich sehe, Sie sind mir noch böse!« Sie lachte leicht. »Nun, gehen Sie in den Saal und suchen Sie Barbara – sie sieht heute abend bezaubernd aus.«

Er entdeckte Barbara in einer Ecke des Ballsaales. Sie unterhielt sich mit einem Bekannten, aber als sie Jack erblickte, machte sie sich frei und kam lächelnd auf ihn zu.

»Ich möchte mit Ihnen sprechen, Jack – kommen Sie, wir gehen in Dianas Wohnzimmer. Dort sind wir allein. Sie hat mir vorhin angeboten, es zu benützen, wenn ich wolle.«

Diana sah sofort, daß die beiden sich zurückzogen, und ihr Blick wurde hart. Natürlich liebten sie sich und suchten nun einen Ort, wo sie sich aussprechen konnten, ohne eine Unterbrechung befürchten zu müssen.

Diana wäre sehr verblüfft gewesen, wenn sie die nun stattfindende Unterhaltung hätte mitanhören können.

»Jack, Sie müssen mir einen großen Gefallen tun«, bat Barbara, als sie die Tür hinter sich geschlossen hatte.

Es klang dringend, fast wie ein Befehl.

»Selbstverständlich«, beteuerte Jack verwirrt, »ich freue mich, etwas für Sie zu tun, Barbara . . .«

»Es handelt sich um eine außergewöhnliche Sache. Ich muß zehn Minuten ungestört in Dianas Schlafzimmer verbringen können, denn ich habe dort etwas zu erledigen.«

Er erschrak. Sollte sie das, was sie heute mittag gesagt hatte, doch ernst gemeint haben?

»Diana hat dem Personal erlaubt, um zwölf Uhr auf die Galerie zu gehen und von dort dem Fest zuzuschauen«, sprach Barbara hastig weiter. »Das ist eine günstige Gelegenheit, die ich nicht ungenutzt vorübergehen lassen darf. Und ich möchte Sie bitten, dann auf der Treppe zu bleiben und aufzupassen. Wenn jemand kommen sollte, müssen Sie mich warnen.«

»Aber – aber – was haben Sie denn . . .«

»Im ersten Stock neben der Treppe ist ein Lichtschalter«, unterbrach sie ihn ungeduldig, »mit dem man das Licht vor der Tür von Dianas Zimmer im zweiten Stock andrehen kann. Damit können Sie mich warnen! Gleich beim Schalter ist die Tür zum Billardzimmer. Wenn Sie jemand fragen sollte, so sagen Sie einfach, Sie wollten ein wenig Billard spielen, weil es Ihnen auf dem Fest zu langweilig sei.«

»Aber, Barbara, was hat das zu bedeuten? Ich verstehe Sie, offen gestanden, nicht ganz. Was wollen Sie in Dianas Zimmer tun?«

»Bitte, kümmern Sie sich nicht darum. Ich möchte nur wissen, ob Sie mir helfen werden«, sagte sie leise.

Sie sah ihn mit ihren großen Augen bittend an. Er schwankte. Wie hübsch sah sie in ihrem lichtblauen Kleid aus! Das dunkle Haar, auf dem rötliche Reflexe spielten, wurde von einem Band zusammengehalten. Ihre Hand spielte mit einem Theatertäschchen.

Plötzlich drang ihre Stimme wieder in sein Bewußtsein. Beschwörend, drängend hörte er sie sagen: »Wissen Sie denn nicht, daß heute der Vierzehnte ist? – Aber nein, das können Sie ja nicht wissen – es bedeutet für Sie auch nichts. Aber ich muß wissen, ob Sie mir helfen wollen.«

Einen Augenblick zögerte er noch.

»Gut. Ich weiß zwar nicht, was Sie in Dianas Schlafzimmer wollen, aber – ich vertraue Ihnen.«

Unvermutet neigte sie sich zu ihm hin, und er fühlte, daß ihre Lippen die seinen berührten – nur eine Sekunde lang –, dann lief sie hinaus.

23

»Nun, haben Sie sich jetzt genügend ausgesprochen?« erkundigte sich Diana spitz, als Jack Danton und Barbara May in den Ballsaal zurückkehrten.

Kurz zuvor hatte Jack Barbara eingeholt und schmunzelnd ihren Arm genommen.

»Jedenfalls haben wir Sie mit keinem Wort erwähnt, meine liebe Diana –«, antwortete Barbara spitz.

Frauen sind doch merkwürdige Wesen, dachte Jack. Mit einiger Beklemmung wartete er darauf, daß es Mitternacht würde. Allmählich versammelten sich die Hausangestellten und Diener auf der Galerie. Als sich gegen zwölf Uhr seine und Barbaras Blicke trafen und sie ihm zunickte, ging er langsam aus dem Saal.

Der Ballsaal befand sich im Erdgeschoß, das Billardzimmer im ersten Stock, und die Schlafzimmer lagen im zweiten Stock.

Jack schlenderte die Treppe hinauf und war froh, niemandem zu begegnen. Im Billardzimmer brannte eine Deckenlampe, und er drehte auch alle Wandleuchter an. Dann nahm er einen Billardstock und legte ihn auf den grünbespannten Tisch. Vorsichtig schlich er nochmals zum Treppenabsatz zurück, gerade als Barbara heraufkam. Sie sagte kein Wort, nickte ihm aber freundlich zu und eilte die Treppe zum zweiten Stock hinauf.

Ihm war nicht wohl in seiner Haut, denn er fürchtete wirklich, jemand könnte zufällig heraufkommen. Es vergingen fünf Minuten – zehn Minuten, da bemerkte er eine Gestalt am Fuß der Treppe und erkannte zu seinem Schrecken, daß es Diana war. Er hatte gerade noch Zeit, den Lichtschalter zu drehen, bevor sie ihn sehen konnte.

»Aber Jack, was machen Sie denn hier oben?« fragte sie verwundert.

»Ich wollte eine Partie Billard spielen, aber ich kann keinen Partner finden«, erwiderte er so ruhig wie möglich.

Er stand wie auf glühenden Kohlen, denn jeden Augenblick konnte ja Barbara herunterkommen.

»Warum wollen Sie denn Billard spielen? Dazu brauchen Sie doch nicht auf einen Ball zu kommen! Warum tanzen Sie nicht, und wo haben Sie Barbara gelassen?«

»Ach, wahrscheinlich ist sie gescheiter als ich und amüsiert sich – ich habe sie vor kurzem noch unten im Ballsaal gesehen.«

»Also, kommen Sie, dann werde ich eben Billard mit Ihnen spielen.«

Sie ging voraus ins Billardzimmer. Er folgte ihr und schloß die Tür.

»Ach bitte nicht, Jack, es ist so heiß hier drinnen.«

Er ging zur Tür zurück und öffnete sie eine Handbreit.

»Nein, machen Sie sie weit auf – denken Sie an meinen guten Ruf!« sagte sie spöttisch.

Zögernd öffnete er die Tür etwas weiter.

»Eigentlich möchte ich ebensowenig Billard spielen wie Sie«, erklärte Diana plötzlich und stellte den Stock wieder zurück, den sie schon in der Hand gehalten hatte. »Billard ist so entsetzlich langweilig. Aber was ist denn mit Ihnen? Sie sehen ja aus, als hätten Sie ein Gespenst erblickt.«

Er lachte nervös.

»Ich habe den ganzen Tag Gespenster verfolgt. Kommen Sie, Diana – wenigstens ein Spiel wollen wir machen!«

Er wollte sie ablenken und hoffte, Barbara würde vorbeihuschen können, wenn Diana beim Spiel der Tür den Rücken zukehrte.

»Nein, ich habe wirklich keine Lust, Billard zu spielen«, beharrte sie. »Ich wollte eigentlich auf mein Zimmer gehen und Aspirin holen. Molly Banton hat furchtbare Kopfschmerzen, und ich habe es ihr versprochen.«

»Ach, die junge Dame kann ein wenig warten . . .«

Aber Diana war schon auf der Treppe nach oben. Gleich darauf hörte er, daß sie einen Schrei ausstieß.

»Jack! Jack!«

»Was ist los?« rief er gepreßt.

»Kommen Sie schnell herauf!«

Er stürzte nach oben und trat in das luxuriös ausgestattete Schlafzimmer.

Diana stand vor ihrem Toilettentisch.

»Schauen Sie!« rief sie atemlos. »Jemand hat die Schmuckkassette geöffnet – nun ist mir auch noch die andere Brillantnadel gestohlen worden!«

Er war so bestürzt, daß er keinen klaren Gedanken fassen konnte.

»Was, die andere Brillantnadel ist Ihnen gestohlen worden?« wiederholte er mechanisch, während er die ganze Zeit angestrengt überlegte, wo sich Barbara versteckt haben mochte.

Sie mußte im Treppenhaus gelauscht haben, als Diana ins Billardzimmer gekommen war, und dann hatte sie sicher die Gelegenheit benützt, als er die Tür für einen Augenblick schloß, um hinunterzueilen.

Er atmete erleichtert auf, als ihm dies klar wurde. Nun war ihm alles gleich. Er hätte auch sofort den ganzen Raum durchsucht, wenn Diana es von ihm verlangt hätte.

»Haben Sie gesehen, ob jemand die Treppe hinaufging?« fragte sie argwöhnisch.

»Nein, ich habe niemanden gesehen.«

»Jack, sagen Sie auch die Wahrheit? War Barbara hier oben?«

Sie sah ihn vorwurfsvoll an.

»Nein, ich schwöre Ihnen, daß sie nicht oben war.«

»Warum waren Sie im Billardzimmer? Sie spielen doch sonst nie Billard, Jack! – Wo ist Barbara?«

»Im Ballsaal. Das habe ich Ihnen doch schon gesagt«, antwortete Jack Danton verärgert.

»Gut. Dann wollen wir sehen, ob wir sie dort finden!«

Entschlossen wandte sie sich um. Zusammen gingen sie die Treppe hinunter, und als ihnen der Butler begegnete, fragte sie ihn sofort nach Miss May.

»Miss May ist schon nach Hause gegangen. Ich sah sie vor etwa vier Minuten das Haus verlassen. Sie kam in die Garderobe, um ihren Mantel zu holen.«

»Ach – so!« sagte Diana langsam. Dann drehte sie sich zu Jack um: »Bitte, suchen Sie sofort Barbara auf – aber vermeiden Sie einen Skandal!«

24

Kurz darauf stand Jack Danton auf der Straße und ließ sich in einem Taxi zu Barbaras Wohnung fahren.

Wieder einmal klingelte er an ihrer Wohnungstür. Lange Zeit kam niemand, aber endlich hörte er Schritte. Barbara öffnete die Tür, zog aber unwillig die Brauen zusammen, als sie Jack erblickte.

»Ich kann Sie jetzt nicht brauchen, Jack! Gehen Sie bitte.«

»Ich muß Sie etwas fragen, Barbara.«

»Ach, gehen Sie doch bitte!« rief sie verzweifelt.

»Nein, ich denke nicht daran«, erklärte er hartnäckig. »Ich muß wissen, was hier gespielt wird.«

Er schob sie beiseite und ging geradewegs ins Wohnzimmer.

Bestürzt blieb er in der Tür stehen. An dem großen Tisch unter der Lampe saßen drei Männer. Der eine war der Herr, den er in der Bird in Bush Road gesehen hatte, der zweite Mr. Smith, der Geschäftsführer von Streetley, der dritte ein hagerer, kleiner Inder mit einem weißen Turban.

Der Inder hielt die gestohlene Brillantnadel in der Hand und bog gerade die Goldfassung des mittleren großen Brillanten zurück, so daß sich der Stein lockerte.

»Was hat das zu bedeuten?« fragte Danton scharf.

Der Mann aus der Bird in Bush Road schaute erschrocken auf.

»Rühren Sie sich nicht von der Stelle – und nehmen Sie die Hände hoch!« befahl er nach einer Sekunde des Zögerns.

Plötzlich hielt er eine Pistole in der Hand und richtete sie auf Danton. Jack kam der Aufforderung nach.

»Smith, legen Sie ihm Handfesseln an!«

Bevor Jack wußte, wie ihm geschah, waren seine Hände gefesselt.

»Setzen Sie sich dort auf den Stuhl«, sagte nun der Mann versöhnlicher, »und verhalten Sie sich ruhig, das wird das beste sein. Glauben Sie mir, dieser Zirkus ist mir peinlicher als Ihnen!«

Barbara war nicht ins Zimmer gekommen. Jack glaubte zu

hören, daß sie im Flur leise schluchzte. Nachdem sie ihn gefesselt hatten, kümmerten sich die drei nicht weiter um ihn.

»Sind Sie Ihrer Sache sicher?« fragte Smith.

»Ein Irrtum ist ausgeschlossen«, antwortete der kleine Inder und betrachtete fasziniert den großen Diamanten, den er in der Hand hielt und dessen Feuer bis zu Jack hinüberstrahlte.

Der Mann aus der Bird in Bush Road sah auf die Uhr.

»Es ist ein Uhr, Jim. Bitte rufen Sie sofort im Flughafen an, daß man eine Maschine für uns bereitstellt. Um halb fünf werden wir abfliegen. Wann sind wir dann in Kalkutta?«

»Übermorgen – wenn alles klappt.«

»Gut. Es geht hart auf hart. Also, Mr. Shing, sehen Sie zu, daß Sie die Nadel wieder in Ordnung bringen, damit wir verschwinden können.«

Smith zog ein langes Etui aus der Tasche und öffnete es. Jack sah, daß es eine Anzahl loser Brillanten enthielt.

»Hier ist ein Stein, der passen könnte. Er ist nur ein wenig größer als der andere. Können Sie den in die Fassung einsetzen?«

Er reichte dem Inder den Brillanten, der ihn mit einer Pinzette packte und anstelle des vorigen einpaßte. Schweigend beobachteten ihn die anderen bei seiner Arbeit. Der Inder war sehr geschickt und hatte mit wenigen Griffen die Brillantnadel repariert. Er gab sie seinem Begleiter, der sie kurz betrachtete und dann Smith weiterreichte.

»Bringen Sie das noch heute zu Miss Wold. Sie können ihr ja sagen, daß wir den Dieb gefaßt hätten!« Lächelnd wandte er sich an Jack Danton. »Es tut mir leid, daß ich Sie so behandeln mußte.« Er stand auf, trat zum Stuhl des Inspektors und begann, die Handschellen aufzuschließen. »Ich hoffe, es wird Sie ein wenig beruhigen, wenn Sie hören, daß ich der indischen Kriminalpolizei angehöre.«

»Jetzt habe ich es wirklich satt!« rief Jack wütend. »Was sollen diese faustdicken Lügen?«

»Mr. Danton, glauben Sie mir, die letzten Monate waren die aufregendsten meines Lebens – lassen Sie sich von Miss May erzählen, wie alles zusammenhängt. Ich muß jetzt gehen.«

»Dann hat sie also doch die Brillantnadeln entwendet?« fragte Jack entsetzt.

»Ja, das hat sie getan. Sie ist die gerissenste und erfolgreichste Diebin von ganz London – und die schönste dazu!«

Lächelnd ging er aus dem Zimmer.

25

»Ich weiß nicht, wie ich dir alles erklären soll, Jack –«, begann Barbara. Erschöpft ließ sie sich aufs Sofa fallen und zog ihn an ihre Seite. »Es hängt alles mit dem Diamanten der Göttin Kali zusammen.«

»Wie kommt der hierher? Das ist doch der Diamant, von dem Lord Widdicombe neulich erzählte?«

»Ja. Der Stein ist von neuem entwendet worden. Du kannst dir ja vorstellen, welche Anziehungskraft er für gewisse Leute immer wieder hat. Eine Zeitlang wurde der Diebstahl nicht entdeckt, aber schließlich kam ein Oberpriester des Heiligtums dahinter und verständigte sofort die Kriminalpolizei. Er wußte, was für Unruhen es geben würde, wenn der Stein an dem Feiertag nicht ausgestellt werden konnte. Als man den Dieb endlich faßte, hatte er den Stein schon verkauft. Mit verschiedenen anderen Brillanten hatte ihn ein Zwischenhändler nach Europa verschachert. Man bekam schließlich heraus, daß der Stein in London gelandet war. Nun bekam ich den Auftrag, ihn hier zu suchen, denn ich bin seit drei Jahren beim Geheimdienst des Foreign Office beschäftigt.«

Sie lächelte belustigt, als sie seine unbeschreibliche Überraschung bemerkte.

»Was – beim Geheimdienst bist du? Dann bist du . . .«

»Etwas Ähnliches wie du –«, unterbrach sie ihn und legte ihre Hand auf seinen Arm. »Aber laß mich schnell zu Ende erzählen! Alle Steine waren an die Juwelierfirma Streetley verkauft worden. Aber niemand hatte dort eine Ahnung davon, daß sich der berühmte Diamant der Göttin Kali darunter befand, denn die seltsame Inschrift war ja kaum zu erkennen. Nun wurde von Indien ein Beamter der Kriminalpolizei hierhergeschickt, der Mr. Shing mitbrachte. Und Mr. Shing ist nicht nur Anhänger der Kali-Sekte, der der Stein gehört, sondern auch ein hervorragender Juwelier. Er weiß genau, wie der Diamant aussieht.«

»Dann wurde also das Haus in der Bird-in-Bush Road für Mr. Shing gemietet?« erkundigte sich Jack.

»Ja, er wohnte dort, und ihm wurden alle gestohlenen Brillantnadeln gebracht.«

»Aber warum wurden denn die Nadeln gestohlen?«

»Wir haben nicht alle gestohlen«, setzte ihm Barbara auseinander. »Streetley hatte die Brillanten, die er von einem indischen Händler kaufte, dazu benützt, die herrlichsten Brillantnadeln anzufertigen. Die Steine waren groß und schön und paßten vorzüglich in die von ihm entworfenen Fassungen. Als nun die Polizei bei ihm nach dem Verbleib der Steine forschte, stellte sich heraus, daß wohl auch der Diamant der Göttin Kali in eine solche Nadel verarbeitet worden war. Die Firma wandte sich daher an alle Kunden, denen sie eine Brillantnadel verkauft hatte, und versuchte, unter irgendeinem Vorwand die Schmuckstücke zurückzubekommen. Meistens erklärten sich die Kunden auch einverstanden, aber in einigen Fällen weigerten sich die Besitzer, weil sie glaubten, daß man ihnen irrtümlicherweise einen teureren Stein verkauft habe, den man ihnen nun wieder abnehmen wolle. In solchen Fällen gab es nur einen Weg, die Brillantnadeln wiederzubekommen – man mußte sie stehlen, und ich erhielt diesen ehrenvollen, aber wenig angenehmen Auftrag. Leider hatte ich Pech und mußte alle Möglichkeiten bis zur allerletzten durchexerzieren. Erst seit dem Fest bei Lord Widdicombe wußte ich, daß der Stein nur noch in Dianas zweiter Brillantnadel stecken konnte.«

»Also hatte Diana doch recht, als sie behauptete, den gestohlenen Schmuck unter deinem Kopfkissen gefunden zu haben?«

Barbara nickte vergnügt.

»Der Chefinspektor wußte natürlich Bescheid! Als er hörte, daß Diana mich bei dir denunziert hatte, setzte er sich gleich mit Mr. Smith in Verbindung. Der fuhr sofort in meine Wohnung, nahm die Brillantnadeln an sich und hinterließ den Zettel mit dem schadenfrohen Gruß.«

Jetzt erst begriff Jack, warum sein Vorgesetzter ihm den Auftrag, auch die Juwelendiebstähle zu klären, vorenthalten hatte.

Er zog Barbara an sich.

26

Am Nachmittag des folgenden Tages saß Diana in ihrem Wohnzimmer, als ihr Barbara May gemeldet wurde.

»Ich habe meine Brillantnadel zurückbekommen, Barbara!« sagte sie gleich nach der Begrüßung. »Ich nehme an, daß die Polizei sie gefunden hat. Jack ist wirklich ein großartiger Kriminalbeamter – na, er wußte ja auch, wo er zu suchen hatte!«

»Und wo war die Nadel?« erkundigte sich Barbara zuckersüß.

»In Ihrer Wohnung, meine Liebe –«, erwiderte Diana boshaft. »Und diesmal kann Jack die Sache nicht vertuschen. Ich halte es für meine Pflicht, Ihnen mitzuteilen, daß ich an alle unsere Freunde und Bekannten geschrieben und ihnen die näheren Umstände mitgeteilt habe.«

»Ach, Sie haben ihnen geschrieben, daß ich die Juwelendiebin bin?« fragte Barbara ruhig.

»Ja – Sie sind die Diebin! Es ist zwar ein häßliches Wort, aber ich glaube, es entspricht den Tatsachen, nicht wahr?«

»Dann wäre also das eine Geheimnis aufgeklärt.« Barbara seufzte. »Ich bin froh, daß alles vorüber ist und die Leute jetzt Bescheid wissen. Nun bleibt nur noch, daß sie auch das zweite erfahren.«

»Das zweite –?« fragte Diana mißtrauisch.

»Ja. Die Leute wollen doch auch wissen, wer der anonyme Briefschreiber ist.« Barbara machte eine wirkungsvolle Pause. »Als ich Ihnen damals das Schlafmittel gab, fand ich nicht nur die Brillantnadel in Ihrer Schmuckkassette, sondern auch noch eine Reihe von Briefen, die Sie geschrieben hatten und am nächsten Tag abschikken wollten.«

Das peinliche Schweigen wurde endlich durch Dianas kühle Feststellung unterbrochen: »Sie sind verrückt!«

»Meinen Sie? Die Briefe waren an die verschiedensten Leute gerichtet, und alle waren mit ›Ein aufrichtiger Freund‹ unterschrieben. Sie enthielten die frechsten und gefährlichsten Denunziationen über die besten Freunde der Empfänger.«

»Das ist eine unerhörte Lüge! Das können Sie nie beweisen!« rief Diana erregt aus.

»Als ich in Lord Widdicombes Haus zu Gast war, befand ich mich dort in meiner Eigenschaft als Beamtin des Geheimdienstes. Das wußten Sie wohl nicht?« Barbara schilderte ruhig und mit einer gewissen Genugtuung den Auftrag, der sie zuletzt beschäftigt hatte, und schloß dann: »Mir war bereits ziemlich klar, daß Sie die anonymen Briefe schrieben, als ich bei Lord Widdicombe weilte, und ich hatte mir vorgenommen, in Ihrem Zimmer nach Beweisen zu suchen. Und ich nahm die Briefe mit.«

»Das ist auch wieder so eine Lüge!« rief Diana entrüstet, aber man merkte jetzt deutlich, daß sie am Ende ihrer Kräfte – und ihrer Weisheit war. »Es ist aus meiner Kassette nichts weiter gestohlen worden als die Brillantnadel.«

»Die Briefe habe ich gegen Morgen wieder zurückgebracht, nachdem ich sie fotografiert hatte. Ich arbeitete fast die ganze Nacht daran, denn ich hatte einen Spezialapparat mitgebracht.

Und wenn Sie nun tatsächlich allen unseren Bekannten geschrieben haben, daß ich die Juwelendiebin sei, dann muß ich jetzt leider die Konsequenzen ziehen – ich werde den gleichen Leuten Fotokopien Ihrer Briefe schicken und sie darüber aufklären, wer sie verfaßt hat.«

Wieder folgte ein langes Schweigen.

»Sie brauchen es nicht zu tun, Barbara«, sagte Diana schließlich kleinlaut. »Ich habe die Briefe, in denen ich es allen mitteilen wollte, noch nicht abgeschickt.«

»Dann ist es wohl besser, wenn Sie sie jetzt vernichten.« Barbara nahm ihren Mantel und ging zur Tür. »Vielleicht finden Sie doch noch eine bessere Beschäftigung als Briefeschreiben –«, sagte sie schon im Hinausgehen. »Warum heiraten Sie eigentlich nicht, Diana? Als frischgebackene Ehefrau kann ich Ihnen nur den Rat geben, es zu tun. Es gibt nichts Angenehmeres.«

»Was soll das heißen?« fragte Diana fassungslos. »Sie – sind verheiratet?«

»Ja. Ich habe mich heute morgen mit Jack standesamtlich trauen lassen. Aber Sie brauchen mir kein Hochzeitsgeschenk zu machen!«

DIE SCHATZKAMMER

I

Am Anfang dieser Geschichte steht ein Mann, der wenig Vertrauen in die Stabilität des Aktienmarktes setzte und es deshalb vorzog, seinen Besitz in bar anzuhäufen. Mr. Lane Leonard war zwar kein Geizhals im eigentlichen Sinn - ihm ging es vor allem um die Realität des Reichtums. Und da praktisch nichts so real ist wie Gold, hortete er Gold in erstaunlichen Mengen. Aber es hätte ihn nicht befriedigt, das Gold einfach in Kisten zu vergraben. Sein Gold mußte sichtbar und erreichbar sein – vor allem sichtbar. Deshalb brachte er seine Schätze in großen Behältern aus verstärktem Glas unter, die ihrerseits in Stahldrahtkörbe eingelassen waren, denn Gold ist sehr schwer.

An der New Yorker Börse hatte man einst die Meinung hören können, Lane Leonard sei eben ein Glückspilz, aber er selbst wollte diese Auslegung durchaus nicht akzeptieren. Er gehörte übrigens nicht zum illustren Kreis der eingesessenen Finanzleute. Ursprünglich hatte er an der schwarzen Börse zu spekulieren begonnen und dabei ein bescheidenes Vermögen zusammengebracht, das dann über Nacht, weniger durch sein eigenes Dazutun als vielmehr durch einen glücklichen Zufall, rapid angewachsen war. Genausogut hätte er damals auch bankrott gehen können, denn drei Teilhaber, die mit ihm zusammengearbeitet hatten, verloren bei einer Baisse die Nerven und ließen ihn im Stich. Bevor er sich noch entscheiden konnte, ob er ihrem Beispiel folgen und alles abstoßen sollte, wurde von unbekannter Seite die Baisse gestoppt. Der sensationelle Kursanstieg, der darauf folgte, machte Mr. Lane Leonard zu einem reichen Mann.

Er war jetzt zwar noch kein Millionär, aber es dauerte nicht mehr lange, bis ihn ein weiterer Glückstreffer auch diese Stufe erklimmen ließ. Hätte er Sinn für Humor besessen, so wäre ihm klargeworden, wieviel Dank er Ereignissen und Umständen schuldete, auf die er nicht den geringsten Einfluß gehabt hatte – da ihm dieser Charakterzug jedoch abging, schrieb er seinen Erfolg vor allem seinem eigenen Scharfsinn zu. Und es gab immer Leute, die seine Überzeugung, daß er den Verstand und den Weitblick eines großen Finanziers besitze, nährten. Sein Schwager, Digby Olbude, erwies sich als sein unermüdlichster Lobredner.

Lane Leonard stammte aus England, und er hatte auch eine Engländerin geheiratet, die New York haßte und sich nach Hampstead, einer netten Kleinstadt, zurücksehnte. Doch sie sah das Ziel ihrer Sehnsucht nie wieder, denn drei Jahre, nachdem ihr Mann seinen Reichtum und heimlich auch die amerikanische Staatsbürgerschaft erworben hatte, starb sie.

Zu dieser Zeit hielt sich Lane Leonard bereits für eine Autorität in allen Finanzangelegenheiten. Er schrieb für eine Londoner Wirtschaftszeitung Artikel, die jedoch nie veröffentlicht wurden, weil sie sich grundlegend von den Ansichten all jener Leute, die auch nur die minimalsten Kenntnisse vom Wirtschaftsleben besaßen, unterschieden. Einzig Digby Olbude pries sie in den höchsten Tönen – Digby, der damals sehr viel trank und spekulierte und, wenn er verlor, was häufig vorkam, John Lane Leonard bezahlen ließ.

Sie verzankten sich schließlich wegen einer Kleinigkeit – es ging um hunderttausend Dollar –, und obwohl der Millionär diese Summe natürlich aufbringen mußte, hätte er seinem Schwager am liebsten verziehen, weil er nie vergessen konnte, daß Digby ihn bewunderte und ihm auch bei der Abfassung einer Broschüre über das Problem der Doppelwährung behilflich gewesen war.

Diese Broschüre wurde dann allerdings von den Experten der Wallstreet so lächerlich gemacht, daß Mr. Lane Leonard den Staub New Yorks von den Füßen schüttelte, sein Vermögen auf die Bank von England überweisen ließ und nach Kent zurückkehrte. Er kaufte Sevenways Castle und machte sich daran, seine Theorien in die Praxis umzusetzen.

Er lernte eine hübsche Witwe mit Kind kennen und heiratete sie. Nach wenigen Jahren starb auch seine zweite Frau. Er änderte den Namen ihrer kleinen Tochter urkundlich von Pamela Dolby auf Pamela Lane Leonard und setzte sie als seine Erbin ein. Er wollte unbedingt einen Erben haben, wenn ihm auch ein männlicher lieber gewesen wäre.

In England hatte er einen Fahrer namens Lidgett, einen jungen, vom Lande stammenden Mann mit energischem Gesicht, dessen Haupteigenschaften Intelligenz, Schlauheit und Gewissenlosigkeit waren. Aber davon wußte Mr. Lane Leonard natürlich nichts. Lidgett brachte ihm eine Verehrung entgegen, die ihm sehr wohltat. Es fehlte eigentlich nur noch, daß Lidgett sich jedesmal vor seinem Herrn zu Boden geworfen hätte. Er wurde vertrauter Diener Mr. Leonards, der, während er sich anzog, Vorträge über den

Goldstandard zu halten pflegte, und Lidgett schüttelte stets in hilfloser Bewunderung den Kopf.

»Was Sie für einen Kopf haben, Mr. Leonard! Ich versteh' gar nicht, wie man das alles behalten kann! Ich glaube, ich würde den Verstand verlieren!«

Plumpe Schmeicheleien, aber nicht ohne Wirkung! Mr. Lane Leonard eröffnete Lidgett seinen großen Plan der Schaffung einer Goldreserve. Lidgett brauchte drei Wochen, bis ihm klar wurde, daß sein Arbeitgeber über reales Geld sprach – über runde, goldene Münzen, die einen hohen Wert besaßen. Von diesem Augenblick an wurde er sehr hellhörig.

Mr. Leonard ging fleißig zur Kirche, meistens abends. Wenn sie sich in London aufhielten, mußte Lidgett im Wagen vor der St. George's Church am Hanover Square warten, wobei er seinen Arbeitgeber, der ihn vom Vergnügen abhielt, wild verfluchte. In Soho gab es einen Spielklub, der Mr. Lidgetts zweites Zuhause war. Sobald sich Mr. Leonard in sein Zimmer zurückzog, verlor Lidgett keine Minute mehr, um zu dem mit grünem Filz bezogenen Kartentisch zu eilen.

Sein Arbeitgeber war ein nachlässiger Mann, dem der Verlust von Fünfpfundnoten nicht weiter auffiel, und Lidgett hatte Glück am Spieltisch, mehr Glück als der würdige, ältere Herr, der nur in Dutch Harrys Spielklub zu kommen schien, um sein Geld zu verlieren.

Einmal borgte er sich zwanzig Pfund von Lidgett, und es fiel ihm einigermaßen schwer, den Betrag zurückzuzahlen. Joe Lidgett konnte ihn recht gut leiden, und die beiden wurden immer besser miteinander bekannt.

»Sie sollten das Spielen aufgeben, Mister. Dafür haben Sie nicht den Kopf.«

»Schon möglich, schon möglich«, erwiderte der andere ungerührt.

In den frühen Morgenstunden gingen der kleine Chauffeur und sein eher aristokratisch wirkender Freund gelegentlich in ein Speiselokal, um einen Imbiß zu nehmen, bevor beide ihre eigenen, getrennten Wege einschlugen. Den unglücklichen Verlierer brachte der Frühzug in die Provinz zurück, und Mr. Lidgett eilte zu seinen Pflichten als Diener und Chauffeur.

2

Bei einer der vertraulichen Unterredungen mit seinem Diener kam Mr. Leonard auch einmal auf seinen Schwager zu sprechen.

»Er ist einer der wenigen, die meine Theorien wirklich verstehen, Lidgett«, versicherte er. »Unglücklicherweise haben wir uns wegen einer Kleinigkeit verkracht, und ich habe seit vielen Jahren nichts mehr von ihm gehört. Ein kluger Finanzmann, Lidgett, wirklich sehr klug! In letzter Zeit fühle ich mich immer wieder versucht, mit ihm in Verbindung zu treten. Er ist der einzige, dem ich meine Wünsche anvertrauen kann – denn wenn es stimmt, was dieser alberne Arzt behauptet . . .«

›Dieser alberne Arzt‹ war ein berühmter Spezialist, der etwas sehr Ernstes herausgefunden hatte, oder vielmehr, es wäre ernst zu nehmen gewesen, wenn sich Mr. Leonard als gewöhnlichen Sterblichen betrachtet hätte. Seine Stieftochter sah er sehr wenig. Sie war in einem Internat, kam nur in den Ferien nach Hause und lauschte dann ziemlich verständnislos Mr. Leonards Vorträgen über die Vorteile und den Wert des Goldes. Sie hatte den Bau der Schatzkammer zum Teil miterleben können, aber die dicken Mauern des Gewölbes und die schweren Stahltüren waren ihr immer ein wenig unheimlich vorgekommen. Als sie später auch noch vernahm, daß alles ihretwegen geplant und ausgeführt worden sei, konnte sie das einfach nicht begreifen.

Eines Tages erlitt Mr. Leonard einen Anfall, der eine einstündige Bewußtlosigkeit zur Folge hatte. Als er wieder sprechen konnte, ließ er Lidgett zu sich kommen.

»Lidgett, ich möchte, daß Sie sich mit Mr. Digby Olbude in Verbindung setzen – seine Anschrift finden Sie vermutlich im Telefonbuch.«

Er führte im einzelnen aus, was er von Mr. Olbude wollte, und Lidgett hörte interessiert zu. Digby Olbude sollte die begonnene Arbeit seines Schwagers weiterführen und für eine Reihe von Jahren die Kontrolle über ein beträchtliches Vermögen ausüben.

Lidgett begab sich also auf seine Erkundungstour, wobei er sich überlegte, auf welche Weise er von der zu erwartenden Veränderung profitieren könnte.

Digby Olbude war nicht allzuschwer ausfindig zu machen, obwohl er zweimal den Namen gewechselt hatte.

Der schlaue kleine Chauffeur kehrte grübelnd nach Sevenways zurück. Hier fand er einen Brief vor, der ihm von London aus nachgeschickt worden war – einen pathetischen, flehenden, wirren Brief in perfektem Englisch. Er stammte von dem älteren Herrn aus dem Spielklub.

Joe Lidgett hatte einen Einfall. Als ihn sein Arbeitgeber zu sich kommen ließ, berichtete er über seine Suche nach Digby Olbude.

»Ich hätte ihn gern gesehen«, sagte Leonard mit schwacher Stimme. »Ich fürchte, mir geht es nicht besonders gut, Lidgett – wo sind Sie?«

»Ich bin hier, Sir«, erwiderte Lidgett.

»Ich – sehe nicht mehr so gut.«

Der Mann, den Joe Lidgett gefunden hatte, kam am nächsten Morgen mit dem Wagen. Er stieg mit einiger Nervosität zum Schlafzimmer des Sterbenden hinauf und wurde dem Rechtsanwalt vorgestellt, den Mr. Leonard aus London hatte holen lassen.

»Das ist mein Schwager, Digby Olbude ...«

Das Testament wurde unterschrieben und von den Zeugen bekräftigt. Es war bezeichnend für Lane Leonard, daß er weder nach seiner Erbin schickte noch ihr eine Abschiedsnachricht hinterließ. Für ihn war sie nur in Verbindung mit seinen Theorien wichtig – und dabei waren es nicht einmal seine eigenen Theorien.

Pamela Lane Leonard erfuhr durch einen förmlichen Brief ihres neuen Vormunds vom Ableben Mr. Leonards, und zwar am gleichen Tag, als Larry O'Ryan sich entschloß, Einbrecher zu werden.

3

Larry O'Ryan, den man unter der Anklage, aus Mr. Farthingales Zimmer fünfundachtzig Pfund gestohlen zu haben, aus einer bekannten Schule ausgestoßen hatte, wäre nicht nur in der Lage gewesen, sich von dieser Beschuldigung reinzuwaschen, er hätte auch den wahren Schuldigen nennen können.

Er hatte keine Eltern mehr und auch keine Freunde. Wenn Creeds Bank sich seinem Vater gegenüber ein wenig großzügiger verhalten hätte, wenn der Panton Credit Trust ein ehrliches Unternehmen gewesen wäre, wenn die Medway & Western Bank nicht einen unsinnigen Verkauf erzwungen hätte – dann wäre Larry reich gewesen.

Nicht uninteressant ist der Hinweis, daß diese bedeutenden Firmen Kunden der Monarch Safe Corporation waren – aber davon später.

Larry hatte jene Schule gehaßt, vor allem den hochtrabenden Lehrer, der mit Mr. Farthingale befreundet war und dessen Arbeitszimmer benützte, wenn der Vorsteher ausgegangen war – aber er sagte nichts. Wieviel galt schon sein Wort gegen das eines Lehrers? Er nahm also die Ausstoßung gelassen hin, weil er damit auch dem Zwang der Schule entfliehen konnte.

Außerdem wurden damals die fünfundachtzig Pfund zurückgegeben. Bevor Larry die Schule verließ, unterhielt er sich mit dem Dieb und sagte ihm klar seine Meinung.

»Ich nehme das Risiko auf mich, daß man mir nicht glaubt – ich gehe zum Vorsteher und sage ihm, daß ich Sie beim Öffnen der Geldkassette überrascht habe. Ich weiß nicht, wozu Sie das Geld gebraucht haben, aber das wird sich ja herausstellen.«

Der Betreffende hatte ihn beschimpft, aber schließlich war ihm nichts anderes übriggeblieben, als das Geld zurückzuerstatten. Man glaubte, es sei Larry oder Larrys Vormund gewesen, der die Banknoten zurückgeschickt habe – doch das stimmte eben nicht.

Larry ging in die Welt hinaus und suchte Arbeit. Er war Bote, Maschinenschreiber, Austräger. Aber er hatte keine Chancen.

Eines Samstagabends dachte er darüber nach und beschloß, den Beruf eines Einbrechers zu ergreifen. Ein Jahr lang besuchte er eine Abendschule und lernte fleißig. Danach bekam er eine Stellung bei einer Panzerschrankfabrik in Wolverhampton.

Die Firma hatte Weltruf. Larry erfuhr alles Wissenswerte über Schlösser und Sperrvorrichtungen. Er lernte jede Art von Schlüssel anzufertigen. Im Garten hinter dem Haus, in dem er wohnte, befand sich ein kleiner Schuppen. Dort arbeitete er bis in die Nacht hinein.

Nachdem er Wolverhampton verlassen hatte, errang er sensationelle Erfolge. Creeds Bank verlor vierzigtausend Pfund in amerikanischen Banknoten. Niemand sah den Einbrecher kommen oder gehen. Die Stahltüren des großen Tresors waren mit einem Schlüssel geöffnet worden.

Dann kam der Panton Credit Trust an die Reihe. In weniger als zwei Stunden verschwanden hunderttausend Pfund.

Der dritte Streich ging Larry daneben. Das war vor allem auf die Vorsichtsmaßnahmen eines älteren Detektivs zurückzuführen, der die Medway & Western Bank beriet. Diesem Detektiv war nämlich aufgefallen, daß die betroffenen Banken ihre Tresore von der Monarch Safe Corporation bezogen hatten.

Ermittlungen bei der Panzerschrankfabrik führten auf die Spur von Larry O'Ryan.

»Es war mehr – äh – Glück als Voraussicht«, meinte Mr. Reeder beschönigend, »daß es mir gelungen ist, diesem jungen Mann – äh – zuvorzukommen.«

Er besuchte Larry in seiner Zelle im Bow-Street-Gefängnis und konnte ihn vom ersten Gespräch an gut leiden. Er hatte so gar nichts mit den anderen Verbrechern gemeinsam, die Mr. Reeder in seinem Leben kennengelernt hatte. Larry winselte und log nicht, er prahlte nicht, und er wich auch nicht aus. Mr. Reeder kannte seine Vergangenheit nicht, und er konnte auch nichts darüber herausfinden.

»Es ist sehr bedauerlich, daß Sie so schlau sind, Mr. Reeder. Das hätte mein drittes und letztes Auftreten als Einbrecher sein sollen – ich hatte eigentlich vor, als wohlhabender, ordentlicher Bürger zu leben, und im Lauf der Zeit hätte ich es sicherlich zum Friedensrichter gebracht!«

Mr. Reeder lächelte selten, aber jetzt konnte er ein Schmunzeln nicht unterdrücken.

»Die beiden anderen, geglückten Versuche als Einbrecher richteten sich doch wohl gegen – äh – Creeds Bank und den Panton Trust?«

Larry grinste.

»Darüber wollen wir lieber nicht sprechen«, bemerkte er höflich.

Mr. Reeder war jedoch nicht ohne weiteres bereit, das Thema zu wechseln, denn es galt, hundertvierzigtausend Pfund wiederzubeschaffen.

»Ich würde Ihnen nicht empfehlen, Mr. O'Ryan, diese wichtigen Dinge zu verschweigen, vor allem nicht den Verbleib der beträchtlichen Summen, die diesen beiden Firmen entwendet wurden. Ein offenes Geständnis kann Ihnen sehr viel helfen, wenn Sie – äh – vor einen Richter Ihrer Majestät gebracht werden. Ich verspreche durchaus nichts«, fügte er vorsichtig hinzu, »ich beziehe mich lediglich auf ähnliche Fälle, denn gewöhnlich sind die Richter bereit, bei der Urteilsverkündung die Ehrlichkeit des – äh – Beschuldigten bezüglich seiner früheren Missetaten in Betracht zu ziehen.«

Larry O'Ryan lachte.

»Das ist ein hübsches Wort – Missetaten! Nein, Mr. Reeder – in aller Freundlichkeit, nein! Mit den beiden Einbrüchen, von denen Sie gesprochen haben, kann mich niemand in Zusammenhang bringen. Ich habe darüber gelesen und kenne natürlich die Tatsachen, soweit sie in der Zeitung mitgeteilt wurden. Darüber hinaus bin ich jedoch nicht bereit, auch nur das Geringste zuzugeben.«

J. G. Reeder gab sich noch nicht geschlagen. Er wisse, so erklärte er, daß O'Ryan bei einer gewissen Panzerschrankfabrik angestellt gewesen sei, er wisse ferner, daß die geschädigten Kreditinstitute ihre Tresore von der genannten Fabrik bezogen hätten, weshalb es gar keinem Zweifel unterliegen könne, daß O'Ryan auch für die beiden anderen Einbrüche verantwortlich sei.

Aber Larry schüttelte den Kopf.

»Die Beweislast liegt bei der Anklagebehörde«, meinte er mit gespielter Ernsthaftigkeit. »Ich würde Ihnen sehr gerne helfen, Mr. Reeder. Übrigens habe ich schon sehr viel von Ihnen gehört. Sie wohnen in der Brockley Road, Sie halten Hühner, Sie besitzen einen Schirm, der immer geschlossen bleibt, weil er bei Regen Schaden nehmen könnte, und Sie rauchen miserable Zigaretten.«

Wieder lächelte Mr. Reeder.

»Sie haben ja Anlagen zum Detektiv. Aber jetzt wollen wir einmal über Creeds Bank sprechen ...«

»Reden wir lieber übers Wetter«, schlug Larry vor.

Ganz Scotland Yard, die Staatsanwaltschaft, Mr. Reeder, Spitzel und Zuträger betrieben die Suche nach den verschwundenen hundertvierzigtausend Pfund, und selbst eine Anzahl lichtscheuer Gestalten wurden dafür eingespannt. Aber es gelang nicht, stichhaltige Beweise herbeizuschaffen, um Larry auch der beiden vorangegangenen Einbrüche zu überführen.

Nach geraumer Zeit erschien er vor einem Richter im Old Bailey und gab zu, mit Einbrecherwerkzeugen im Bankgebäude angetroffen worden zu sein. Nach einer ziemlich scharfen Verhandlung wurde er für schuldig befunden und zu acht Jahren Gefängnis verurteilt.

Das Urteil fiel vor allem deshalb so streng aus, weil sich der Staatsanwalt in eine deutlich spürbare, persönliche Abneigung gegen den Angeklagten hineinsteigerte, die ausgesprochen aggressiven Charakter hatte. Ein Grund dafür war nicht ersichtlich. Es mochte sich um irgendein Vorurteil handeln, etwas Emotionales, Vernunftwidriges, durch das gelegentlich das Urteilsvermögen sonst besonnener Menschen getrübt werden kann. Vielleicht hatte Larry auch irgendeine lässige Bemerkung beim Verhör fallenlassen, die der

Ankläger als persönliche Herausforderung glaubte auffassen zu müssen. Jedenfalls bezog er sich in seinem Schlußplädoyer auf die Raubzüge in Creeds Bank und im Panton Trust. Bei der ersten Erwähnung dieser Ereignisse unterbrach ihn der Richter und warnte ihn vor den Folgen solchen Argumentierens, aber der Staatsanwalt ließ sich nicht beirren. Obwohl in dieser Hinsicht kein Beweismaterial vorgelegt und daher auch keine Anklage erhoben werden konnte, zog er ständig Parallelen zu den beiden früheren Einbrüchen und ritt auf der Tatsache herum, daß der Angeklagte in jener Firma gearbeitet habe, von der die Banken ihre Tresore bezogen hätten. Währenddessen saß Larry mit verschränkten Armen auf der Anklagebank und konnte ein schwaches Lächeln nicht unterdrücken, denn er wußte, welche Chancen sich ihm hier boten.

Er legte Berufung ein. Das Urteil wurde aufgrund von Verfahrensmängeln aufgehoben, und Larry O'Ryan mußte freigesprochen werden.

4

Larrys erster Besuch in der wiedererlangten Freiheit galt Mr. J. G. Reeder. Vorher hatte er brieflich angefragt, ob sein Erscheinen angenehm sei. Reeder bat ihn zum Tee, eine Ehre, die nur wenigen Menschen zuteil wurde. Larry erschien in allerbester Laune.

»Darf ich Ihnen sagen«, begrüßte ihn Mr. Reeder, »daß Sie ein großer Glückspilz sind?«

»Und ob!« erwiderte Larry. »Wer hätte schließlich gedacht, daß der Staatsanwalt einen solchen Fehler machen würde! – Mein Besuch ist Ihnen bestimmt nicht unangenehm?«

Mr. Reeder schüttelte den Kopf.

»Wenn Sie sich nicht selbst bei mir angemeldet hätten, würde ich Sie von mir aus eingeladen haben.« Mit der Silberzange legte er ein Stück Kuchen auf Larrys Teller. »Es wäre Zeitverschwendung, Mr. O'Ryan, und sogar eine Verletzung des – äh – Gastrechts, wenn ich mich weiterhin auf diese unglückseligen Vorfälle bei Creeds Bank und dem Panton Trust beziehen wollte. Als Detektiv und Beamter wäre ich natürlich glücklich, wenn ich einen Hinweis finden könnte, der Sie mit diesen – äh – Missetaten – dieses Wort gefiel Ihnen doch? – in Verbindung bringt.«

»Missetaten ist mein Lieblingswort«, sagte Larry mit vollem Mund.

»Irgendwie habe ich jedoch das Gefühl, daß man Sie nicht überführen wird, und in gewisser Beziehung bin ich froh darüber. Das ist natürlich eine sehr unmoralische Feststellung«, verbesserte sich Mr. Reeder schnell, »und gegen alle meine – äh – Prinzipien. Wie werden Sie sich jetzt Ihren Lebensunterhalt verdienen, Mr. O'Ryan?«

»Ich lebe von meinen Zinsen«, versicherte Larry unbekümmert. »Mein Kapital im Ausland bringt mir jährlich rund siebentausend Pfund ein.«

Mr. Reeder nickte langsam.

»Mit anderen Worten, fünf Prozent von hundertvierzigtausend Pfund«, murmelte er. »Eine hübsche Summe – eine ganz hübsche Summe!«

Er seufzte.

»Sie scheinen sich nicht besonders darüber zu freuen«, stellte Larry belustigt fest.

»Nein. Ich denke an die armen Aktionäre von Creeds Bank ...«

»Die gibt es nicht. Die Familie Creed besitzt sämtliche Anteile. Sie hat meinen Vater um hunderttausend Pfund geprellt – es war sogar noch ein bißchen mehr. Die genauen Einzelheiten sind mir nicht bekannt, aber ich weiß, daß es etwas über hunderttausend waren.«

J. G. Reeder sah zur Decke empor.

»Das war also eine Art ausgleichender Gerechtigkeit –«, sagte er langsam. »Und der Panton Trust?«

»Sie kennen die Firma doch!« antwortete Larry ruhig. »Seit fünfundzwanzig Jahren wird dort durch Zusammenarbeit mit Schwindelfirmen Geld verdient. Der Trust schuldet mir weit mehr, als – er verloren hat.«

Mr. Reeder lächelte freundlich.

»Beinahe wäre Ihnen ›... als ich genommen habe‹ herausgerutscht«, meinte er vorwurfsvoll.

»Wo denken Sie hin! Nein, bestimmt, Sie brauchen Ihr Mitgefühl nicht an diese Banken zu verschwenden. Ich könnte Ihnen im übrigen auch über die Medway and Western Bank interessante Dinge mitteilen, aber ich verzichte darauf.«

»Wieder ausgleichende Gerechtigkeit, wie? Sie sind ja ein Romantiker!« Mr. Reeder richtete sich auf, griff nach der Teekanne und goß seinem Gast ein. »Ich werde Ihnen etwas versprechen. Wir reden nie mehr über diese Angelegenheit, aber es wäre mir lieb, wenn Sie mich besuchen würden, sobald Ihnen das Leben ein bißchen langweilig vorkommt. Gleichzeitig möchte ich Sie jedoch – äh – warnen, daß diese Besuche ein Ende haben, wenn Sie erneut den Wunsch haben sollten, bei anderen Banken die – äh – ausgleichende Gerechtigkeit zu spielen. Dann müßte ich mein Bestes tun, Sie hinter Schlösser und Riegel zu bringen, die nicht von der bewußten Panzerschrankfabrik angefertigt wurden!«

Larry wurde regelmäßiger Gast im Hause an der Brockley Road. Wäre er ein mißtrauischer Mensch gewesen, dann hätte er sicher Mr. Reeder verdächtigt, er pflege diese Bekanntschaft nur, um etwas über die beiden Einbrüche herauszubringen. Aber er kam gar nicht auf eine solche Idee, und sie sprachen auch kaum mehr über Larrys Vergangenheit.

Eines Abends saßen sie in einem kleinen Restaurant in Soho beim Abendessen. Kurz zuvor war es Mr. Reeder gelungen, das Beweismaterial über den Einbruch in der Central Bank zu vervollständigen, und er fühlte sich müde. Plötzlich stellte Larry die Frage: »Wissen Sie etwas über das Lane-Leonard-Vermögen?«

Mr. Reeder nahm sein Pincenez ab und polierte die Gläser.

»Bevor ich Ihnen antworte, hätte ich gern gewußt, was Sie mit dieser Frage bezwecken.«

Larry grinste.

»Es besteht Grund zur Vorsicht. Ich will Ihnen sagen, wie ich darauf komme – durch dieses Eisengitter da drüben vor der Kasse. Es hat beinah dasselbe Muster wie die Tresortür, die wir für Lane Leonard anfertigten. Ich weiß nicht, was er aufbewahren wollte, vielleicht Pfandbriefe. Jedenfalls handelte es sich um einen der stärksten Tresore, die je, außer an Banken, geliefert wurden.«

Mr. Reeder winkte einem Kellner und bestellte Kaffee.

»Sie meinen wahrscheinlich das Vermögen des verstorbenen John Lane Leonard. Ein Millionär, der vor drei Jahren das Zeitliche segnete und seiner Stieftochter ein großes Vermögen hinterließ – der genaue Betrag ist mir nicht bekannt, aber er muß zwischen einer und zwei Millionen Pfund liegen.«

»Und er war nicht Bankier?« erkundigte sich Larry interessiert.

»Nein. Soviel ich weiß, war er Börsenmakler in Amerika. Er scheint sehr viel spekuliert zu haben, und offensichtlich war er intelligent genug, das dabei verdiente Geld zusammenzuhalten. Und er hat sich, sagen Sie, einen Tresor bauen lassen?«

»Ja, eben. Er war nicht eben groß, aber in dieser Größe der stärkste, den ich je gesehen habe – dreifach verstärkte Stahlwände, zwei Türen sowie sämtliche Sicherungen, die es für Geld zu kaufen gibt.

Ich habe ihn mir nach der Fertigstellung angesehen und auch mit den Fachleuten darüber gesprochen.« Larry überlegte einen Augenblick. »Das muß übrigens kurz vor dem Tod von Lane Leonard gewesen sein. Ja, ich erinnere mich jetzt, der Tresor war einige Monate vorher fertig geworden. Leonard muß eine Menge Wertpapiere besessen haben, aber – warum hinterlegte er sie nicht bei einer Bank?«

Mr. Reeder sah ihn vorwurfsvoll an.

»Es gibt viele Gründe, warum man Wertpapiere nicht auf der Bank läßt«, meinte er, »und einer davon – äh – sind Sie.«

Auf dem Heimweg dachte Mr. Reeder über diese Angelegenheit nach. Er versuchte, sich die näheren Umstände von Leonards Ableben und Testament ins Gedächtnis zu rufen, soweit er damals in der Zeitung davon gelesen hatte. Aber er konnte sich nicht entsinnen, irgend etwas Bemerkenswertes daran gefunden zu haben.

Zu Hause zog er ein Nachschlagewerk zu Rate. Miss Lane Leonard, die Erbin, wohnte im Sevenways Castle, Grafschaft Kent. Mr. Reeders Pflichten hatten ihn noch nie in diese Gegend geführt, aber er erinnerte sich dunkel, eine Fotografie des Schlosses gesehen zu haben, das früher einmal in königlichem Besitz gewesen sein mußte.

5

Kurze Zeit nach dem gemeinsamen Abendessen mit Larry O'Ryan in dem kleinen Restaurant in Soho machte Mr. Reeder die Bekanntschaft von Mr. Buckingham. Dieses Zusammentreffen ereignete sich in der Öffentlichkeit, und zwar am Abend jenes Tages, an dem Mr. Reeder eine kleine Auseinandersetzung mit dem stellvertretenden Staatsanwalt gehabt hatte.

»Ich möchte Sie nicht länger belästigen, Mr. Reeder«, hatte ihm der Beamte eröffnet, »denn ich weiß, daß Sie Ihre eigenen Methoden haben – aber es ist uns zu Ohren gekommen, daß Sie sich häufig mit einem Mann treffen, der im Old Bailey unter Anklage gestanden hat und dessen Verurteilung leider wieder aufgehoben wurde. Ich teilte den verantwortlichen Stellen mit, daß Sie wahrscheinlich versuchen, Informationen über die beiden anderen Einbrüche zu erhalten. Das trifft doch zu, nicht wahr?«

»Nein, Sir«, erwiderte Mr. Reeder, »das trifft ganz und gar nicht zu« (Mr. Reeder konnte sehr energisch sein). »Ich bemühe mich nicht einmal, diesen jungen Mann auf dem rechten Weg zu halten. Ein Detektiv gleicht in mancher Beziehung einem Journalisten. Er kann sich in jeder Gesellschaft sehen lassen, ohne sein Gesicht zu verlieren. Ich kann Mr. O'Ryan sehr gut leiden. Er ist ein interessanter Mensch, und ich treffe mich mit ihm so oft, wie es mir paßt. Wenn man der Meinung ist, daß ich das Ansehen Ihrer Behörde belaste, bin ich jederzeit bereit, meinen Rücktritt anzubieten.«

Das war ein Reeder, den der stellvertretende Staatsanwalt noch nicht kannte, von dem er aber gehört hatte – Mr. Reeder als Diktator.

»Ich verstehe gar nicht, warum Sie in diesem Ton ...« begann er.

»Das ist genau der Ton, den ich Personen gegenüber anwende, die sich in mein Privatleben einmischen«, unterbrach ihn Mr. Reeder.

Der stellvertretende Staatsanwalt telefonierte daraufhin mit seinem Chef, der sich in der Provinz aufhielt, und der leitende Staatsanwalt sagte kurz und bündig: »Lassen Sie ihn um Himmels willen in Ruhe! Reeder ist durchaus in der Lage, auf sich selbst aufzupassen.«

Nach diesem Intermezzo also begab sich Mr. Reeder in die Queen's Hall, wo Larry ihn erwartete. Gemeinsam lauschten sie einem Konzert klassischer Musik, die J. G. Reeder völlig unverständlich blieb, die er aber über sich ergehen ließ, um seinen Begleiter nicht zu beleidigen.

»Herrlich!« sagte Larry, als die letzten Geigentöne im stürmischen Applaus untergingen.

»Außerordentlich«, stimmte Mr. Reeder zu. »Die Melodie habe ich zwar nicht erkannt, aber er scheint sein Instrument zu beherrschen.«

»Sie sind ein Philister, Mr. Reeder!« stöhnte Larry, der Musik sehr liebte.

Mr. Reeder schüttelte wehmütig den Kopf.

»Ich fürchte, daß ich mich dafür nie begeistern kann. Ich habe für alte Lieder etwas übrig, zum Beispiel ...«

»Gehen wir was trinken!« fiel ihm Larry verzweifelt ins Wort.

Sie benützten die Pause, um den Erfrischungsraum aufzusuchen.

Und hier trat Mr. Buckingham in Erscheinung.

Er war ein großer, breitschultriger Mann mit rotem Gesicht, ungebändigtem Haarschopf und ziemlich kleinen Augen. Er schien getrunken zu haben, denn er starrte Mr. Reeder mit glasigem Blick an – dann kam er auf ihn zu und streckte ihm eine große, häßliche Hand entgegen.

»Sie sind Mr. Reeder, nicht wahr?« fragte er heiser. »Ich wollte Sie schon lange mal besuchen, aber ich bin sehr beschäftigt. Und ausgerechnet hier trifft man sich! Ich habe Sie oft bei Gericht gesehen.«

Mr. Reeder nahm die Hand und ließ sie sofort wieder los. Er haßte feuchte Hände. Soweit er sich erinnern konnte, war er diesem Mann noch nie begegnet.

»Ich heiße Buckingham«, stellte sich der andere vor. »Ich war früher bei der Londoner Polizei.« Er beugte sich etwas vor und fragte vertraulich: »Haben Sie irgendwann schon so etwas Gräßliches gehört?« Offensichtlich bezog sich diese Bemerkung auf das Konzert. »Ich wäre ja nie hergekommen, aber meine Braut hat mich mitgeschleppt. Sie ist sehr intellektuell.« Er blinzelte. »Moment, ich bring' sie mal her!«

Er tauchte in der Menge unter und kam kurz darauf mit einem blassen, häßlichen Mädchen zurück. Einen besonders intellektuellen Eindruck machte sie nicht, und vor allem schien sie dem gleichen Laster wie Mr. Buckingham zu frönen, denn auch ihre Augen waren glasig.

»Ich werde Sie also wohl nächstens besuchen und mich mit Ihnen unterhalten«, schloß Buckingham seinen Monolog. »Ich weiß zwar noch nicht, ob ich dazu komme, aber es kann sein. Jedenfalls werden wir allerhand zu besprechen haben.«

»Ich bin überzeugt davon«, pflichtete ihm Mr. Reeder bei.

»Wer war denn das?« fragte Larry nachher.

»Ich habe nicht die geringste Ahnung«, erwiderte Mr. Reeder.

Larry lachte.

Gegen Ende der Pause sahen sie Buckingham mit einem kleinen Mann mit hartem, unsympathischem Gesicht sprechen, der gleichfalls einen dunklen Anzug und darüber einen Mantel trug. Offenbar gehörte er nicht zu den Konzertbesuchern, denn gleich danach sahen sie ihn hinausgehen.

Zwei Tage später begegnete Mr. Reeder den beiden Männern wieder. Gegenüber dem Parlament, auf der Nordseite der Westminster Bridge, hatte sich der Verkehr gestaut.

Mr. Reeder, der die Straße überqueren wollte, betrachtete die langsam anrollenden Fahrzeuge. Er sah einen grauen Lieferwagen mit Plane. Am Steuer saß der Mann mit dem schmalen, abstoßenden Gesicht, den er in der Konzertpause zum erstenmal gesehen hatte; neben ihm Buckingham.

Die beiden Männer bemerkten ihn nicht. Der Lieferwagen schien schwer beladen zu sein, denn die Ladebrücke wurde stark niedergedrückt.

Seltsam, dachte Mr. Reeder, Chauffeure und ihre Helfer erscheinen gewöhnlich nicht elegant gekleidet in Konzertsälen.

Aber es gab eben viele merkwürdige Dinge.

6

Als Larry vierzehn Tage später bei Mr. Reeder erschien, hatte er über ein Abenteuer zu berichten.

»Sie sehen einen Helden vor sich!« erklärte er selbstbewußt. »Ich habe eine junge Dame gerettet! Mit jener seltenen Geistesgegenwart, die den O'Ryans angeboren ist, gelang es mir ...«

»Es war nicht so sehr Geistesgegenwart, als vielmehr ein Laternenpfahl«, murmelte Mr. Reeder, »obwohl ich zugebe, daß Sie – äh – sehr schnell reagiert haben.«

Larry starrte ihn an.

»Woher wissen Sie denn das?«

»Ich war interessierter Zuschauer. Das Ganze spielte sich in der Nähe des Büros ab, und ich sah zufällig aus dem Fenster. Ich fürchte, daß ich überhaupt sehr viel Zeit damit verschwende, aus dem Fenster zu sehen. Ein Wagen kam ins Schleudern und geriet aufs Trottoir. Die junge Dame wäre sicherlich schwer verletzt worden, wenn es Ihnen nicht gelungen wäre, sie zur Seite zu reißen, bevor der Wagen auf den Laternenpfahl prallte. Ich habe natürlich applaudiert, wenn auch stumm, weil im Büro absolute Ruhe verlangt wird. Ich glaube aber trotzdem, daß der Laternenpfahl fast ebensoviel ...«

»Selbstverständlich, aber die junge Dame hätte, wie Sie selbst sagen, verletzt werden können. Haben Sie sie richtig angesehen?« fragte Larry eifrig. »Ist sie nicht wunderschön?«

Er finde sie interessant, äußerte Mr. Reeder.

Larry schnaubte.

»Interessant! Sie ist einfach überwältigend. Ich war so begeistert, daß sie unsicher wurde und sich erkundigte, ob ich mich verletzt hätte.«

Mr. Reeder nickte.

»Ich habe sie mir sogar ziemlich genau angesehen. Wer ist sie?«

Larry hob die Schultenr.

»Ich weiß nicht. Heutzutage ist es schwierig, Vermutungen anzustellen, weil alle Frauen elegant gekleidet sind. Ich habe sie natürlich nicht nach ihrem Namen gefragt. Sie war ziemlich aufgeregt und hastete gleich weiter. Ich sah sie in einen Rolls Royce einsteigen, der offenbar auf sie gewartet hatte . . .«

»Mit dem Kennzeichen ZU zwei-neun-eins-acht«, sagte Mr. Reeder. »Ich habe den Wagen gesehen. Es ist sehr bedauerlich.«

»Das kann man wohl sagen. Wenn ich bei Verstand gewesen wäre, hätte ich ihr meinen Namen genannt – zumindest könnte sie dann ihrem Retter brieflich danken.«

»Nein, nein, so habe ich das nicht gemeint.« Die Haushälterin betrat das Zimmer, und erst als sie den Tisch gedeckt und wieder hinausgegangen war, sprach Mr. Reeder weiter. »So hatte ich es nicht gemeint. Wenn Sie sich ihr vorgestellt hätten, dann hätten Sie sie auch gleich fragen können, warum ein derart massiver Tresor erforderlich war.«

Larry sah ihn verständnislos an.

»Tresor? Ich weiß nicht, wovon Sie reden.«

Mr. Reeder lächelte.

»Die junge Dame war Miss Lane Leonard.«

Larry runzelte die Stirn.

»Sie kennen sie?«

»Ich habe sie nie zuvor gesehen.«

»Wie, zum Teufel, wissen Sie dann, daß es Miss Lane Leonard war? Haben Sie ihr Bild gesehen?«

»Nein.«

»Wieso wissen Sie dann Bescheid?« fragte Larry immer ungeduldiger.

Mr. Reeder lachte.

»Das Kennzeichen des Rolls Royce genügte mir. Ich rief bei Scotland Yard an, und man teilte mir mit, wem der Wagen gehört – Miss Lane Leonard, vierhundertneun Berkeley Square und Sevenways Castle in Kent. Vierhundertneun Berkeley Square ist übrigens ein elegantes Apartmenthouse, und Sie können ja einen Brief schreiben, wenn Sie wünschen, daß die junge Dame den Namen ihres Retters erfährt.«

»Seltsam –«, meinte Larry, »erst vor ein paar Wochen haben wir über Lane Leonards Tresor gesprochen. Die junge Dame ist also ein paar Millionen wert.«

Mr. Reeder hob bedauernd die Hände vom Tisch.

»Es tut mir leid. Ich habe Ihnen Ihre Romanze verdorben. Sie würden es lieber sehen, wenn es sich um ein armes, aber ehrliches Mädchen handelte, das Ihre Hilfe zu schätzen wüßte.«

Larry wurde rot. Er wechselte das Thema.

Zum erstenmal erfuhr J. G. Reeder etwas über Larry O'Ryans Kindheit und die Umstände, die ihn zum Einbrecher hatten werden lassen.

»Ich bin froh, daß Sie mir das erzählt haben, Mr. O'Ryan. Es trägt zum Verständnis bei. Sie hätten natürlich zum Vorsteher der Schule gehen und die Wahrheit sagen sollen. Wenn Sie einmal älter sind, werden Sie mir recht geben. Haben Sie den Mann, der das Geld genommen hat, seither wiedergesehen?«

»Nein«, sagte Larry verächtlich. »Aber er sitzt sicher im Gefängnis. Nur ein minderwertiger Mensch konnte Farthingale, der selbst nicht viel besaß, Geld stehlen. Ich habe ihm letzte Woche fünfhundert Pfund geschickt, weil seine Frau im Krankenhaus liegt.«

»Fünfhundert Pfund?« wiederholte Mr. Reeder. »Nun, es ist ziemlich leicht, mit dem Geld anderer Leute großzügig zu sein, aber lassen wir das.« Er trommelte mit den Fingern auf die Tischplatte. »Einmal ein Gauner, immer ein Gauner – ist das Ihre Meinung, Mr. O'Ryan? Aber bei Ihnen trifft es wirklich nicht zu. Sie glaubten im Recht zu sein, als Sie auf eigene Faust das Unrecht ausgleichen wollten. Wenn jeder so dächte wie Sie – aber . . .«

Das Telefon schrillte. Mr. Reeder ging zu seinem Schreibtisch, nahm den Hörer ab und lauschte. Nur von Zeit zu Zeit stellte er kurze Fragen. Als das Gespräch beendet war und er an den Tisch zurückkam, sagte er: »Ich fürchte, aus unserem geselligen Abend wird nichts, O'Ryan! Man braucht mich im Amt.«

»Am Sonntagabend?« fragte Larry.

»Allerdings.«

Mr. Reeder blätterte im Telefonbuch, wählte eine Nummer und gab genaue Anweisungen.

»Wenn Sie einen Wagen bestellen, dann muß es allerdings wichtig sein«, meinte O'Ryan.

»Gewiß«, sagte Mr. Reeder. »Es handelt sich um einen Mord.«

7

An diesem Sonntagmorgen hatte ein Polizeibeamter, der am Stadtrand von London in der Nähe von Slough seine Runde machte, einen Fuß aus dem Gras ragen sehen. Dort hätte eigentlich kein Fuß sein dürfen, in diesem unebenen Feld, durch das ein längst trockengelegter Bewässerungskanal lief. Der Polizist öffnete ein Gatter, wobei ihm Reifenspuren auffielen, die auf das Feld hinausführten. Er sah auch, daß die Kette, mit der das Gatter an einem Pfosten hätte festgemacht werden sollen, abgerissen war.

Er ging durchs feuchte Gras bis zum Graben. Dort fand er einen Mann – er trug nur Unterwäsche und Socken, und ein Blick auf sein Gesicht genügte.

Nach einigen Minuten kam ein Polizeibeamter auf dem Fahrrad vorbei. Er verständigte sofort das Revier.

Ein Krankenwagen und der Polizeiarzt trafen ein, und die Leiche wurde fortgeschafft. Kaum eine Stunde später hatte Scotland Yard die Bearbeitung des Falles übernommen.

Für die Ermittlungen gab es kaum Anhaltspunkte. Die Unterwäsche, die der Tote trug, bestand aus teurer Seide. Die Kriminalbeamten fanden das merkwürdig, weil der Mann offensichtlich körperliche Arbeit geleistet hatte, was allein schon seinen Händen anzusehen war.

Auch die Überprüfung der Reifenspuren führte zu keinem Ergebnis. Sicher war nur, daß es sich um einen großen Wagen handelte, und die Leiche war vermutlich zwischen zwei und vier Uhr morgens auf das Feld gebracht worden. Der Besitzer des Wagens mußte die Örtlichkeit genau gekannt haben – darüber war sich Mr. Reeder im klaren, als ihm die Tatsachen mitgeteilt wurden.

Das Feld gehörte einer kleinen Firma, die Bauernhöfe und Grundstücke aufkaufte, der ›Land Development Corporation‹, die ein Büro in der Stadt unterhielt.

»Und jetzt möchte ich gern den Toten sehen«, sagte Mr. Reeder, nachdem er alles Wissenswerte erfahren hatte.

Man führte ihn in den Raum, wo der Ermordete lag, und der diensthabende Inspektor berichtete über die ärztlichen Feststellungen.

»Er bekam einen gewaltigen Schlag auf den Schädel. Andere Verletzungen sind nicht erkennbar, aber der Arzt nimmt an, daß der Schädelbruch sofort den Tod herbeigeführt hat. Wahrscheinlich wurde eine Eisenstange oder etwas Ähnliches verwendet.«

Mr. Reeder sagte nichts. Er verließ den Raum und wartete, während die Tür abgesperrt wurde.

»Wenn wir ihn nur identifizieren könnten ...« begann der Inspektor wieder.

»Ich kann ihn identifizieren«, versicherte Mr. Reeder. »Er heißt Buckingham und war früher Constable bei der Londoner Polizei.«

Zwei Stunden später studierte Mr. Reeder im Büro des Inspektors in Scotland Yard die Personalakte Buckinghams. Sie war nicht besonders erfreulich. Buckingham hatte zwölf Jahre bei der Londoner Polizei gedient. Sechsmal war er wegen disziplinlosen Verhaltens verwarnt worden, und einmal hätte man ihn beinahe entlassen. Er war häufig betrunken angetroffen worden und hatte sich schließlich von einem Verhafteten bestechen lassen. Daraufhin hatte er seine Entlassung beantragt, um eine Stellung in der Provinz anzutreten. Einzelheiten darüber vermerkte der Bericht nicht, lediglich seine letzte Anschrift war angegeben.

Reeder fuhr in den Stadtteil Southwark, wo Buckinghams Frau in einer Arbeitersiedlung wohnte. Er teilte ihr den Tod ihres Mannes mit. Sie nahm die Nachricht gelassen auf.

»Ich habe ihn schon seit drei oder vier Jahren nicht mehr gesehen«, sagte sie aus. »Die einzige Unterstützung, die er mir je geschickt hat, waren fünf Pfund zum letzten Weihnachtsfest, und das hätte ich auch nicht bekommen, wenn ich ihm nicht auf der Straße mit einem Mädchen begegnet wäre und Krach geschlagen hätte.«

Mr. Reeder erkundigte sich, wo ihr Mann zuletzt beschäftigt gewesen sei, doch konnte sie darüber keine Auskunft geben.

»Er war ein schlechter Mann. Er ist tot, und ich will nichts gegen ihn sagen. Aber trauern will ich nicht um ihn. Er hat mich dreimal verlassen, und einmal hat er mir sogar ein Auge blaugeschlagen. Das rechte –«, betonte sie.

Mr. Reeder fragte sich, warum die Tatsache, daß es sich um das rechte Auge gehandelt hatte, stärker ins Gewicht fiel, aber er unterließ es, diesen Punkt abzuklären.

Die Frau konnte ihm nur mitteilen, daß ihr Mann eine Stellung in der Provinz angenommen, daß er viel Geld verdient habe und beim letzten Zusammentreffen elegant gekleidet gewesen sei.

»Er trug ein weißes Hemd und eine schwarze Krawatte, und er sah aus, als hätte er ein Vermögen geerbt. Sonst hätte ich ihn nicht um Geld gebeten.«

»Sie wissen auch nicht, in welcher Gegend des Landes er gearbeitet hat? Haben Sie vielleicht eine Ahnung, von welchem Bahnhof er jeweils kam?«

Sie überlegte eine Weile.

»Ja, vom Charing Cross. Mein Bruder hat ihn vor zwei Jahren dort getroffen.«

Mr. Reeder kehrte zum Yard zurück, um mit den anderen Beamten zu sprechen. Er erfuhr, daß man dort auch nicht weitergekommen war. Es gab noch ein weibliches Wesen in London, das ihm vielleicht weiterhelfen konnte: das häßliche, ›intellektuelle‹ Mädchen mit der Vorliebe für klassische Musik und scharfe Getränke. Am nächsten Tag ging er in die Queen's Hall und verlangte nach dem Saaldiener. Er hatte Glück. Der Mann versah seinen Posten schon seit vielen Jahren, und die junge Dame war ihm tatsächlich bekannt. Sie hieß Miss Letzfeld und war dem Saaldiener vor allem deswegen im Gedächtnis geblieben, weil sie einmal einen Beschwerdebrief an die Direktion gerichtet hatte. Der Brief wurde gefunden und damit auch die Anschrift.

Mr. Reeder fuhr sofort hin. Es war ein kleines Haus in der Nähe des Cavendish Square. Nachdem er mehrmals an die Haustür geklopft hatte, hörte er Schritte auf der Treppe. Das junge Mädchen, blasser noch als das erstemal, öffnete selbst.

Zu seiner Überraschung erkannte sie ihn.

»Sie heißen Reeder, nicht wahr? Billy hat Sie mir doch vorgestellt – in der Queen's Hall? Sie sind Detektiv, nicht wahr?« Sie sah ihn scharf an. »Ist irgend etwas passiert?«

»Kann ich Sie einen Moment sprechen?«

Sie ging voraus und stieg eine schmale, steile Treppe hinauf.

Das Zimmer, in das sie ihn führte, war mit teuren Möbeln angefüllt, aber alles machte einen ungepflegten, unsauberen Eindruck. Auf dem Tisch standen die Reste einer Mahlzeit, und auf einem Stuhl lag Unterwäsche, die sie schnell entfernte.

»Ich muß Ihnen gleich sagen, Mr. Reeder, daß ich überhaupt nichts weiß – falls etwas passiert sein sollte. Billy ist recht nett zu mir, aber er geht einem auf die Nerven. Ich weiß nicht, woher er sein Geld hat, und ich habe ihn auch nie danach gefragt.«

Mr. Reeder hatte die unangenehme Pflicht, sie von Buckinghams Tod zu unterrichten. Wieder mußte er feststellen, daß die Wirkung ausblieb. Sie war schockiert, aber persönlich nicht berührt.

»Das ist furchtbar, nicht wahr? Billy war ein netter Kerl, wenn auch nicht besonders intelligent. Ich habe ihn nur von Zeit zu Zeit getroffen, so alle vierzehn Tage, gelegentlich auch wöchentlich.«

»Woher stammte er?« fragte Reeder.

»Ich weiß nicht. Er hat mir nie etwas erzählt. Er muß in der Provinz für einen reichen Mann gearbeitet haben, aber ich weiß nicht, wo.«

»Hatte er viel Geld?«

»Billy? Ja, er hatte immer genug Geld und konnte sich ein angenehmes Leben leisten. Ich glaube, er hatte etwas mit Grundstücken zu tun. Das hat er mir zwar auch nicht selbst erzählt, aber ich sah ein Telegramm, das er hier liegenließ. Es war an irgendeine Land Corporation gerichtet ...«

»Die Land Development Corporation?« fragte Mr. Reeder schnell. »Können Sie sich an die Anschrift erinnern?«

Sie war ihrer Sache nicht sicher, glaubte aber, daß sich das Büro in der City befinde.

Von Buckingham gab es nichts Persönliches in der Wohnung, außer einer vor etwa einem Jahr aufgenommenen Fotografie. Mr. Reeder nahm das Bild mit und fuhr in die City.

Die Land Development Corporation hatte ihren Sitz in einem der großen Geschäftshäuser in der Nähe des Mansion House. In den beiden ersten Büros arbeiteten ein Angestellter und eine Stenotypistin. Ein drittes, kleineres und einfach eingerichtetes Zimmer hatte der Geschäftsführer bei seinen nur gelegentlichen Besuchen benützt.

Eine Stunde lang stellte Mr. Reeder den beiden Angestellten Fragen, und als er nach Scotland Yard zurückkam, standen so viele Sachverhalte und Versionen zu seiner Verfügung, die sich teils widersprachen, teils überhaupt nicht miteinander in Verbindung zu bringen waren, daß er Mühe hatte, ein vernünftiges Bild zu gewinnen.

Er verfaßte folgenden knappen Bericht:

›In Sachen William Buckingham.
Ermittlungen bei der Land Development Corporation. Die genannte Firma wurde vor zwei Jahren handelsgerichtlich eingetragen. Sie weist ein Kapital von tausend Pfund und Obligationen im Wert von dreihunderttausend Pfund auf. Als Direktoren fungieren der Angestellte, die Stenotypistin und ein William Buck, bei dem es sich um William Buckingham handeln dürfte. Das Bankguthaben beträgt dreizehnhundert Pfund. Die Firma besitzt eine Reihe von Grundstücken in Süd-England, die anscheinend in der Absicht erworben wurden, Siedlungen zu bauen. Eine beträchtliche Zahl von

Grundstücken wurde auch weiterverkauft. Mr. Buck war zweifellos Buckingham. Er kam sehr selten ins Büro und unterzeichnete dort nur Schecks. Die Bankeingänge waren erheblich, ebenso die Beträge, die wieder abgehoben wurden. Eine oberflächliche Überprüfung der Unterlagen ließ erkennen, daß es sich um echte Geschäftsvorgänge handelte. Eine genauere Prüfung dürfte allerdings beträchtliche Lücken in der Buchführung zutage fördern. Das Feld, in dem die Leiche Buckinghams aufgefunden wurde, gehörte ebenfalls der Firma. Buckingham muß die Gegend gut gekannt haben. Bemerkenswert ist auch, daß er sich kürzlich dort zweimal nachts aufgehalten hat . . .‹

8

Am nächsten Morgen erschien das Bild Buckinghams in allen Londoner Zeitungen. Bis zum Nachmittag rührte sich nichts.

Mr. Reeder saß in seinem Büro und studierte Akten über Kokainschmuggel, als der Bote eine Visitenkarte hereinbrachte.

›Major Digby Olbude‹ stand darauf und in der linken unteren Ecke ›Lane Leonard Vermögensverwaltung, Sevenways Castle, Kent‹.

Mr. Reeder lehnte sich in seinen Sessel zurück, fingerte an seinem Pincenez herum und las die Karte noch einmal.

»Bitten Sie Major Olbude herauf«, sagte er.

Major Olbude war groß und weißhaarig. Er sah blühend aus und sprach ein wenig geziert.

»Ich bin wegen eines gewissen Buckingham zu Ihnen gekommen. Sie leiten doch die Ermittlungen?«

Mr. Reeder neigte den Kopf. Er dachte gar nicht daran, diesen interessanten Besucher an den eigentlich zuständigen Kriminalbeamten zu verweisen.

»Wollen Sie nicht Platz nehmen, Major Olbude?«

Er zeigte auf einen Stuhl. Der Major zog zur Schonung seiner Bügelfalten die Hosenbeine etwas hoch und setzte sich.

»Ich habe das Bild in der Morgenzeitung gesehen – das heißt, meine Nichte machte mich darauf aufmerksam – und fuhr sofort hierher, weil ich es für meine Pflicht halte, die Polizei bei ihrer Arbeit zu unterstützen.«

»Sehr erfreulich«, murmelte Mr. Reeder.

»Buckingham stand in meinen Diensten. Er war einer der Wächter der Schatzkammer von Sevenways Castle, wie die Bezeichnung im Volksmund lautet.«

Mr. Reeder nickte, als sei ihm das alles genau bekannt.

»Wie ich schon sagte, liest meine Nichte die Zeitungen. Eine Angewohnheit, zu der ich mich nicht entschließen kann, weil in diesem Zeitalter der Sensationen die Presse einem geistig interessierten Menschen nichts zu bieten hat. Buckingham war schon beim verstorbenen Mr. Lane Leonard angestellt gewesen, und nach Mr. Leonards Ableben nahm ich als sein Schwager und alleiniger Vermögensverwalter den Mann in meine Dienste. Ich darf vielleicht noch erwähnen, daß Mr. Leonard, wie allgemein bekannt ist, ganz plötzlich an einem Herzinfarkt starb und ein beträchtliches Vermögen hinterließ, das zu achtzig Prozent aus Barren bestand.«

»Aus Gold?« fragte Mr. Reeder überrascht.

»Ja – mein Schwager war in dieser Hinsicht sehr sonderbar. Er hat sein Vermögen durch Spekulation erworben und befürchtete, daß es so leicht, wie es entstanden war, seinen Erben – unglücklicherweise hat er nur eine Tochter – unter den Händen wieder zerrinnen könnte. Außerdem hielt er nicht viel von Wertpapieren und mißtraute allen Banken. Daraus ergab sich, daß er zu seinen Lebzeiten Gold im Wert von über eineinhalb Millionen Pfund erwarb. Die Barren wurden und werden noch in einer Kammer aufbewahrt, die er eigens innerhalb der Schloßmauern errichten ließ. Zur Bewachung stellte er einige ehemalige Polizisten ein, die abwechselnd Tag und Nacht Dienst taten. Es wird Ihnen klar sein, Mr. Reeder, und ich brauchte es Ihnen eigentlich nicht extra vorzurechnen, daß mein Schwager auf diese Weise seine Tochter um ein ganz beträchtliches Einkommen brachte, denn fünf Prozent Zinsen von eineinhalb Millionen Pfund machen pro Jahr fünfundsiebzigtausend Pfund aus. In zehn Jahren ergibt sich ein Betrag von einer dreiviertel Million, so daß mein Mündel aufgrund der Bestimmungen des Testaments nahezu vierhunderttausend Pfund verliert. Der gleiche Betrag entgeht praktisch dem Staat.«

»Äußerst bedauerlich«, meinte Mr. Reeder und schüttelte den Kopf, als erschütterte ihn der Gedanke an den leer ausgegangenen Fiskus aufs tiefste.

»Der Rest des Vermögens ist in hochwertigen Regierungspapieren angelegt«, fuhr Major Olbude fort, »von deren Ertrag meine Nichte und ich leben. Selbstverständlich verursacht die Aufsicht über ein derart großes Vermögen ständig Probleme. Vor zwei Jahren bestellte ich für die Papiere und die Goldmünzensammlung einen völlig neuen Tresor, dessen Bau mit großen Kosten verbunden war.«

Er machte eine Pause.

»Und Buckingham?« erkundigte sich Mr. Reeder sanft.

»Darauf komme ich noch zu sprechen«, versicherte der Major würdevoll. »Er war einer der angestellten Wächter. Im ganzen sind es sieben. Jeder hat eine eigene Wohnung, und nach den von mir erlassenen Vorschriften sollen diese Männer nur zusammentreffen, wenn sie sich ablösen. In der Praxis spielt sich das so ab: Die diensthabende Wache betätigt eine Klingel in der Wohnung des Ablösenden, der sofort zur Schatzkammer kommt und nach Überprüfung seiner Person eingelassen wird. Buckingham hätte am Sonntag morgen um sechs Uhr seinen Dienst antreten sollen. Der diensttuende Wächter läutete wie gewöhnlich, aber Buckingham erschien nicht. Nach einer Stunde setzte sich der Wächter telefonisch mit mir in Verbindung – zwischen meinen Räumen und der Schatzkammer wurde eine Telefonleitung gelegt –, und ich machte mich sofort auf die Suche nach Buckingham. Sein Zimmer war leer, und ich beauftragte einen Ersatzmann, seinen Platz einzunehmen.«

»Seitdem haben Sie Buckingham nicht mehr gesehen?«

Major Olbude schüttelte den Kopf.

»Nein, Sir, weder gesehen noch etwas von ihm gehört.«

»Welches Gehalt erhielt Buckingham?«

»Zehn Pfund pro Woche sowie freie Station. Alle Wächter wurden durch die Schloßküche versorgt.«

»Hatte er Vermögen?«

»Keineswegs«, erwiderte Olbude mit Nachdruck.

»Würde es Sie überraschen, zu erfahren, daß er in großem Umfang mit Grundstücken spekulierte?« fragte Mr. Reeder.

Major Olbude erhob sich.

»Ich wäre überrascht und entsetzt.«

»Besteht die Möglichkeit, daß er Zugang zu der – äh – Schatzkammer selbst erlangen konnte?«

»Nein, Sir«, sagte Olbude, »auf gar keinen Fall. Der einzige Zugang ist die Tür, zu der ich den Schlüssel besitze. Die Wände bestehen aus vierzig Zentimeter dickem Beton, der mit Stahlplatten verkleidet ist. Die Schlösser sind diebessicher.«

»Und das Fundament?«

»Zweieinhalb Meter dicker Beton. Völlig ausgeschlossen.«

Mr. Reeder rieb sich das Kinn und starrte auf den Schreibtisch.

»Betreten Sie die – äh – Schatzkammer oft?«

»Jawohl, Sir, am Ersten jeden Monats. Mit anderen Worten, am letzten Freitag befand ich mich in der Schatzkammer.«

»Und nichts war verändert?«

»Nichts –«, sagte Olbude mit Betonung.

»Ich nehme an, daß sich die Barren in Stahlkästen befinden?«

»In großen Glasbehältern. Das war einer von Mr. Lane Leonards exzentrischen Einfällen. Es sind sechzig Stück, und jeder enthält Gold im Wert von fünfundzwanzigtausend Pfund. Man kann auf den ersten Blick erkennen, ob sich jemand daran zu schaffen gemacht hat. Die Behälter sind hermetisch verschlossen und versiegelt. Sie stehen auf Betonsockeln und sind reihenweise an drei Wänden der Schatzkammer entlang verteilt. Ich muß noch erwähnen, daß die Schatzkammer eigentlich aus zwei Gebäuden besteht – aus der inneren Kammer, dem Kern sozusagen, wo das Gold aufbewahrt wird, und aus dem äußeren, umgebenden Gebäudeteil, in dem bequem eingerichtete Räume und eine kleine Küche für die Wächter untergebracht sind. Der Zutritt zum ganzen Gebäudekomplex erfolgt durch einen kleinen Vorbau, der durch eine Stahltür und ein massives Eisengitter gesichert ist. Draußen ist über dem Eingang ein Scheinwerfer angebracht, der es dem diensthabenden Wächter erlaubt, seine Ablösung genau zu inspizieren und festzustellen, ob es sich um den Richtigen handelt.«

»Erstaunlich«, sagte Mr. Reeder. »Können Sie mir sonst noch etwas über Buckingham sagen?«

Olbude zögerte.

»Nein, außer, daß er häufig nach London fuhr. Ich ließ ihm allerdings auch größere Freiheit als den andern, weil er der dienstälteste Wächter war.«

»Erstaunlich«, wiederholte Mr. Reeder. »Ich möchte gern nach – äh – Sevenways Castle fahren und mir die Wohnung Buckinghams ansehen. Es wird auch nötig sein, seine Habe zu durchsuchen. Hatte er Freunde?«

»Ja, das heißt, er hatte ein Mädchen in London – ich kenne es zwar nicht, aber, um die Wahrheit zu sagen, Mr. Reeder, ich glaube, daß er verheiratet war, obwohl er nie von seiner Frau sprach. Doch was meinten Sie vorhin, als Sie von Vermögen und Grundstücken sprachen? Das ist mir völlig neu.«

J. G. Reeder kratzte sich am Kinn.

»Ich bin nicht ganz sicher, ob ich zu der Feststellung berechtigt bin, daß er eine Immobilienfirma leitete, aber nachdem seine Angestellten ihn nach der Fotografie identifiziert haben ...«

Er erzählte von der Land Development Corporation, und Major Olbude, der gespannt zugehört hatte, sagte schließlich: »Dann wurde er also auf einem seiner eigenen Grundstücke gefunden? Merkwürdig. – Ich fürchte, daß ich Ihnen nicht weiter behilflich sein kann.« Er nahm Hut und Stock. »Aber ich stehe Ihnen natürlich zur Verfügung, wenn Sie Fragen zu stellen haben. Ich notiere Ihnen meine Telefonnummer, und Sie können mich jederzeit anrufen.«

Er nahm einen Bleistift und schrieb ein paar Zahlen auf seine Visitenkarte. Mr. Reeder beobachtete ihn dabei interessiert.

Er begleitete seinen Besucher die Treppe hinunter und kam gerade zurecht, um Zeuge eines merkwürdigen Vorfalls zu werden. Am Randstein war ein Rolls Royce geparkt, daneben standen drei Personen. Das Mädchen erkannte er sofort. Larry drehte ihm zwar den Rücken zu, aber es fiel Mr. Reeder nicht schwer, ihn zu identifizieren. Die dritte Person war offensichtlich der Chauffeur des Wagens. Sein Gesicht war gerötet, und er fuchtelte wild mit den Händen herum. Mr. Reeder hörte ihn sagen: »Sie haben kein Recht, die junge Dame anzusprechen, und wenn Sie etwas zu sagen haben, dann bitte auf englisch, damit ich Sie verstehen kann!«

Major Olbude beschleunigte seine Schritte, trat zu der Gruppe und herrschte den Chauffeur an: »Warum machen Sie eine Szene?«

Larry O'Ryan hatte sich entfernt, was Mr. Reeder überraschte, weil Larry unangenehmen Situationen gewöhnlich nicht auswich.

Mr. Reeder war Major Olbude gefolgt, dem nun nichts anderes übrigblieb, als ihn vorzustellen.

»Das ist meine Nichte, Miss Lane Leonard.«

Mr. Reeder mußte im stillen zugeben, daß sie außergewöhnlich schön war. Auffallend war die Blässe ihres Gesichts.

»Was ist denn los, meine Liebe?« fragte der Major.

»Ich habe einen Bekannten getroffen – den Mann, der mich vor einem Unfall bewahrt hat«, antwortete sie stockend. »Ich habe mit ihm französisch gesprochen.«

»Er kann recht gut Englisch«, knurrte der unsympathisch wirkende Chauffeur.

»Halten Sie den Mund! – War das alles, meine Liebe?«

Sie nickte.

»Du hast dich wohl bedankt? Ja, ich erinnere mich jetzt, du sagtest, daß du damals keine Gelegenheit hattest, dich bei ihm zu bedanken – er war weggegangen, bevor du etwas sagen konntest. Der Vorfall ereignete sich in Whitehall, nicht wahr?«

»Ja«, erwiderte sie.

Mr. Reeder spürte, daß sie ihn durchdringend ansah. Er bemerkte auch, daß ihre behandschuhte Hand zitterte.

Major Olbude drehte sich um und schüttelte ihm die Hand.

»Wir werden uns ja wiedersehen, Mr. Reeder«, sagte er.

Er wandte sich abrupt ab, half dem Mädchen in den Fond, und der Wagen fuhr davon.

9

Mr. Reeder sah sich nach Larry um und entdeckte ihn in einem Hauseingang, mit dem Rücken zur Straße.

Als der Wagen verschwunden war, kam Larry auf ihn zu.

»Entschuldigung«, sagte er, »aber ich wollte mit Ihnen sprechen.«

Seine Augen blitzten, und er schien erregt zu sein.

»Sie haben die junge Dame kennengelernt?«

»Ja. Sehr interessant, nicht wahr?«

»Warum haben Sie sich nicht gleich dem Onkel vorstellen lassen?«

»Ziemlich peinlich – er sieht übrigens recht gut aus. Vielleicht hatte ich Skrupel. Dieser Chauffeur ... Ich frage mich, ob er im Krieg gewesen ist. Sicher nicht. Er ist noch nie so knapp davongekommen wie heute. Hatten Sie schon einmal den Wunsch, jemanden umzubringen?«

»Warum haben Sie französisch gesprochen?«

»Das ist meine Lieblingssprache«, erwiderte Larry prompt. »Außerdem sieht sie aus wie eine Pariserin.«

Mr. Reeder sah ihn fragend an.

»Warum tun Sie so geheimnisvoll?«

»Tu ich das?« Larry lachte. »Ich möchte wissen, ob er's getan hat.«

»Ob er was getan hat?« fragte Mr. Reeder, aber Larry stellte bereits eine neue Frage.

»Werden Sie hinfahren? Hatte er eigentlich diesen Buckingham bei sich angestellt?«

»Was wissen Sie über Buckingham?«

»Es steht heute morgen alles in der Zeitung.«

»Kannten Sie ihn?«

Larry schüttelte den Kopf.

»Nein. Ich habe sein Bild gesehen – ein Durchschnittsgesicht. Ist das Leben nicht großartig, Mr. Reeder?«

Es begann zu regnen. Mr. Reeder wurde sich der Tatsache bewußt, daß er barhäuptig war.

»Kommen Sie mit in mein Büro. Ich will das Risiko eingehen, von meinen Vorgesetzten – äh – gerügt zu werden.«

Larry zögerte.

»Na gut«, sagte er und stieg hinter J. G. Reeder die Treppe hinauf.

Mr. Reeder schloß die Tür und deutete auf einen Stuhl.

»Warum die Aufregung?« fragte er. »Was ist los?«

Larry lehnte sich in seinen Stuhl zurück und verschränkte die Arme.

»Ich habe das Gefühl, daß ich ein ausgemachter Trottel bin, weil ich Sie nicht völlig ins Vertrauen ziehe – aber das gibt ein Abenteuer, Mr. Reeder, das großartigste Abenteuer, das man sich denken kann! Ich möchte Sie nur eines fragen: Trug der Major eine Brille, als er herunterkam?«

»Ich kann mich nicht erinnern, daß er sie abgenommen hätte.«

Larry runzelte die Stirn und biß sich auf die Unterlippe.

»Ich werde Ihnen etwas sagen. Erinnern Sie sich, daß ich die junge Dame vor dem Auto in Sicherheit brachte? Es war unten, unmittelbar vor diesem Büro, nicht wahr? Sie hatte kurz zuvor ihr eigenes Auto verlassen und wollte – nun, wohin wollte sie wohl? Hierher, zu Ihnen. Das hat sie mir zwar nicht gesagt, aber ich bin felsenfest davon überzeugt. Und der Chauffeur war hinter ihr her. Damals begriff ich es nicht ganz, aber jetzt ist es mir völlig klar. Am Tag vor diesem Ereignis war in der Zeitung ein Artikel über Sie erschienen – entsinnen Sie sich?«

Mr. Reeder wurde rot.

»Das war eine ziemlich dumme – äh – schlecht informierte – äh . . .«

»Genau. Der Artikel war ziemlich schmeichelhaft. Aber mir ist jetzt klar, daß die junge Dame gerade deswegen zu Ihnen wollte. Dieser lobhudelnde und schlecht informierte Zeitungsschreiber behauptete, Sie seien der größte Detektiv unserer Zeit oder so etwas Ähnliches. Wahrscheinlich stimmt es nicht, obwohl ich das nicht beurteilen kann und Ihnen natürlich sehr zu Dank verpflichtet bin. Jedenfalls, die junge Dame hatte den Artikel gelesen und herausgefunden, wo sich Ihr Büro befindet. Sie wollte mit Ihnen sprechen – und will es übrigens noch immer. Das hat sie mir gesagt.«

»Sie will mich sprechen?« fragte Mr. Reeder ungläubig.

»Ist es nicht erstaunlich? Ich habe kaum eine Minute mit ihr gesprochen, und schon bedeutet sie mir alles.« Larry stand auf und begann aufgeregt im Zimmer hin und her zu gehen. »Mir, Mr. Reeder, einem Gauner, einem Einbrecher, einem Mann, der eigene Vorstellungen von mein und dein hat! Aber sie ist eineinhalb Millionen Pfund wert und völlig unerreichbar. Ich könnte sie niemals bitten, meine Frau zu werden. Doch wenn sie von mir verlangt, daß ich von der Westminster Bridge aus in die Themse springen soll – ich werde es tun!«

Mr. Reeder starrte ihn an.

»Das klingt ja beinahe, als würden Sie die junge Dame – äh – lieben.«

»Beinahe!« sagte Larry wild.

Er blieb plötzlich stehen und deutete mit dem Finger auf Mr. Reeder.

»Ich werde nicht von der Westminster Bridge aus hineinspringen, ich werde etwas viel, viel Besseres tun, und wenn es mir gelingt, ist es der entscheidende Schritt meines Lebens.«

»Wenn Sie sich vielleicht hinsetzen wollten«, meinte Mr. Reeder mit mildem Vorwurf, »und etwas weniger geheimnisvoll tun würden, könnte ich Ihnen vielleicht helfen.«

Larry schüttelte den Kopf.

»Nein. Ich muß mir selbst helfen. Wann fahren Sie zum Sevenways Castle?«

»Sie hat Ihnen gesagt, daß sie dort wohnt, nicht wahr?« fragte Mr. Reeder.

»Wann fahren Sie?«

»Morgen – wahrscheinlich morgen nachmittag.« J. G. Reeder überlegte einen Augenblick. »Sie kennen Buckingham nicht?«

»Nein«, sagte Larry. »Ich habe ihn natürlich als den Kerl erkannt, der sich in der Queen's Hall an Sie herangemacht hat. Ein seltsames Zusammentreffen, nicht wahr?« Er ging zur Tür und öffnete sie. »Ich gehe jetzt, Mr. Reeder, wenn Sie mich entschuldigen. Vielleicht besuche ich Sie heute abend. Haben Sie übrigens mit dem amerikanischen Aktienmarkt zu tun?«

»Ich spekuliere nie«, stellte Mr. Reeder spröde fest. »Ich glaube nicht, daß ich in meinem Leben je irgendein Wertpapier gekauft habe, und ich werde es auch in Zukunft nicht tun. Allerdings lese ich die Zeitungen, und daraus ersehe ich, daß die Preise sinken.«

»Und wie!« bemerkte Larry vielsagend.

Das alles war ein bißchen verwirrend. Der Hinweis auf den Aktienmarkt interessierte Mr. Reeder so sehr, daß er am Abend die Börsennotierungen studierte. In der Wallstreet sanken die Preise, es gab Panikverkäufe und Voraussagen über einen völligen Zusammenbruch. Mr. Reeder konnte nur staunen darüber, daß Larry sich neben seiner Leidenschaft noch mit derart nüchternen Dingen befaßte.

Am Nachmittag hatte Mr. Reeder sehr viel zu tun. Nachforschungen bei verschiedenen Banken, Lesen und Verfassen von Berichten nahmen ihn voll in Anspruch. Es war fast neun Uhr, als er nach Hause kam, und er war so müde, daß er einschlief, bevor er sich die Decke über die Schultern ziehen konnte.

10

Pamela Lane Leonard fuhr an jenem Morgen besorgt und etwas verängstigt nach Kent zurück.

»Warum läßt du zu, daß Lidgett so mit dir spricht, Onkel Digby?« fragte sie.

Major Olbude blinzelte und warf ihr dann einen ärgerlichen Blick zu.

»Daß er wie mit mir spricht, meine Liebe? Lidgett ist ein alter Freund der Familie und hat als solcher gewisse Vorrechte.«

»Hast du Mr. Reeder von der Auseinandersetzung zwischen ihm und Buckingham erzählt?«

Olbude schwieg eine ganze Weile.

»Von einer Auseinandersetzung weiß ich nichts«, antwortete er endlich, »und außerdem hätte ich Mr. Reeder keinesfalls davon unterrichtet – woher kennst du ihn übrigens?«

»Ich kenne ihn nicht persönlich. Ich habe nur viel über ihn gelesen. Er soll sehr klug sein.« Sie machte eine Pause. »Warum erlaubst du Lidgett, daß er so grob mit dir umspringt und mich anfaucht, als wäre ich – nun, sein Dienstmädchen?«

Der Major atmete tief ein.

»Du irrst dich, Pamela. Lidgett mag ja ein bißchen ungebildet sein, aber seine Dienste sind unschätzbar. Aber ich will trotzdem mit ihm sprechen.« Er schwieg längere Zeit. Dann fragte er: »Wann haben sie gestritten – Buckingham und Lidgett?«

»Ich habe sie eines Tages im Wald beobachtet. Buckingham schlug ihn nieder. Es war schrecklich.«

Olbude fuhr sich mit den Fingern durch das weiße Haar.

»Das ist alles sehr schwierig«, meinte er seufzend. »Dein Vater hat ausdrücklich bestimmt, daß Lidgett unter keinen Umständen entlassen werden darf. Bevor du fünfundzwanzig bist, kannst du leider gar nichts unternehmen, meine Liebe.« Unvermittelt fragte er: »Was hast du zu dem jungen Mann gesagt?«

»Ich hab' dir doch schon alles erzählt«, erwiderte sie kurz. »Er hatte mich vor einem Unfall bewahrt, und ich bedankte mich jetzt bei ihm.«

Das entsprach zwar nicht ganz der Wahrheit, aber Pamela empfand keinerlei Gewissensbisse.

Sie wollte ihrem Onkel etwas mitteilen, brachte es aber nicht zustande, das Unglaubliche in Worten auszudrücken. Die Tatsache, daß der Mann, den sie haßte und fürchtete, nur durch eine massive Glasscheibe von ihr getrennt am Steuer des Wagens saß, zwang sie zu schweigen. Sie wäre vielleicht überhaupt nicht mehr darauf zurückgekommen, wenn nicht ihr Onkel noch einmal davon angefangen hätte.

»Lidgett ist eben ungeschliffen. Man muß ihm seine Treue anrechnen, Pamela. Er ist der Familie sehr ergeben . . .«

»Na, hör mal!« sagte sie erbost. »Weißt du eigentlich, daß er mir einen Heiratsantrag gemacht hat?«

Olbude starrte sie entgeistert an.

»Einen Heiratsantrag? Das hat er wirklich gewagt? Ich hab' ihm doch ausdrücklich erklärt, daß er unter keinen Umständen . . .«

»Was – er hat es vorher mit dir besprochen?« fragte sie entsetzt. »Und du hast ihn überhaupt angehört? Das darf doch wohl nicht wahr sein! Ich hätte es nie für möglich gehalten, daß du von der Sache weißt. Hast du denn nicht . . . Onkel, was hast du getan?«

Er rutschte unruhig hin und her und wich ihrem Blick aus.

»Er ist ein ungeschliffenes Juwel«, sagte er leise. »Lidgett hat viele gute Seiten. Natürlich mangelt es ihm an Bildung, und außerdem ist er zwanzig Jahre älter als du, aber man darf seine Qualitäten nicht übersehen.«

Sie lehnte sich sprachlos in ihre Ecke und sah ihn fassungslos an.

Er mußte angenommen haben, daß das Loblied auf Lidgett sie beeindruckt hatte, denn er fuhr fort: »Lidgett war zeit seines

Lebens sehr sparsam. Dank der Großzügigkeit deines Stiefvaters halte ich ihn sogar für sehr reich. Und der Altersunterschied ist in Wirklichkeit gar nicht entscheidend.« Plötzlich schien ihm etwas einzufallen, denn er erkundigte sich hastig: »Du hast doch O'Ryan nichts davon erzählt?«

»O'Ryan?« wiederholte sie. »Kennst du ihn denn?«

»Du bist anscheinend recht gut informiert«, erwiderte er. »Hat er dir in der kurzen Zeit seinen Namen genannt?«

»Ja, das hat er getan. Woher kennst du ihn?«

»Das gehört nicht hierher«, wich er aus. »Ich glaube nicht, daß er mich kennt. Er war fast noch ein Kind, als ich ihn zum letztenmal sah, und damals trug ich einen Schnurrbart – er hat doch nicht etwa gesagt, daß er mich kennt?« fragte er besorgt.

»Nein, wir haben nicht über dich gesprochen.«

»Worüber denn?« erkundigte er sich schnell.

»Das ist für dich nicht von Interesse«, sagte sie.

11

Als sie im Sevenways Castle ankamen, ging Pamela sofort auf ihr Zimmer und begann, einen Brief zu schreiben. Wahrscheinlich würde es diesem Schreiben genauso ergehen wie ihren übrigen Briefen. Die Dienerschaft im Schloß wurde von Lidgett beherrscht, und Pamela wußte aus Erfahrung, daß jeder ihrer Briefe durch seine Hände ging.

Seit sie von der Schule zurückgekommen war, hatte sich Lidgett als Herr und Meister aufgespielt. Ihr Onkel hatte kaum etwas zu sagen. Lidgett stellte Personal ein, Lidgett entließ die Leute wieder, ohne sich mit seinem Arbeitgeber zu besprechen, Lidgett nahm den Wagen, wenn er ihn brauchte, fuhr zu seinem Vergnügen nach London, ließ sogar bauliche Veränderungen durchführen, ohne irgend jemanden zu Rate zu ziehen.

Eines Nachmittags war er im Wohnzimmer erschienen und hatte ohne lange Vorrede um ihre Hand angehalten.

»Wahrscheinlich werden Sie beleidigt sein, Miss Pamela, weil Sie mich für einen sehr gewöhnlichen Menschen halten. Ich habe etwas gespart und möchte heiraten. Ich bin verliebt in Sie.«

»In mich?«

Sie war zu verblüfft gewesen, um Ärger empfinden zu können.

»Ja«, bestätigte er kühl. »Ich habe mit dem Major noch nicht darüber gesprochen, aber er wird kaum etwas einzuwenden haben. Es kommt häufig genug vor, daß Damen ihre Chauffeure heiraten, und ich werde mindestens ein ebenso guter Ehemann sein wie diese eingebildeten Strohköpfe, die Ihnen vielleicht noch vorgestellt werden.«

Sie war so fassungslos gewesen, daß es ihr nicht einmal gelang, ihm die geziemende Abfuhr zu erteilen.

Und nun wußte sie vor Verzweiflung nicht aus noch ein. Lidgett machte keinerlei Anstrengung, seine beherrschende Stellung zu verbergen. Er hatte es sogar in Larrys Beisein gewagt, sie anzubrüllen, und gerade jetzt, während sie den Brief schrieb, klopfte er an ihre Tür. Sie hörte seine verhaßte Stimme, legte den Brief hastig unter das Löschpapier, drehte den Schlüssel um und öffnete die Tür.

»Was hat dieser Kerl auf französisch gesagt?« fragte er befehlend.

Sie hatte sich jetzt völlig in der Gewalt.

»Was er gesagt hat, ist unwichtig, Lidgett. Vielmehr – ich hatte ihm etwas Entscheidendes mitzuteilen. Ich sagte ihm, daß ich praktisch als Gefangene hier im Haus gehalten werde, daß Sie hier den Herrn spielen und mir sogar nahegelegt haben, Ihre Frau zu werden. Ich sagte ihm, daß ich mich fürchte, und bat ihn, sich mit der Polizei in Verbindung zu setzen.«

Sein Gesicht wurde rot und dann leichenblaß.

»So, das haben Sie getan, wie?« Seine Stimme klang schrill. »Sie haben also Lügen über mich verbreitet – mich denunziert!«

»An dem Tag, als ich knapp einem Unfall entkam«, sprach sie erregt weiter, »war ich auf dem Weg zu Mr. Reeder, dem Detektiv. Ich lasse mich von Ihnen nicht wie ein Dienstmädchen behandeln! Hier im Hause stimmt etwas nicht, und ich werde schon herausbekommen, was los ist. Major Olbude hat überhaupt nichts zu sagen – Sie kommandieren ihn genauso herum wie mich, und dafür muß es einen Grund geben. Mr. O'Ryan wird ihn schon ausfindig machen.«

»Wird er das? Sie wissen doch, was er ist, nehme ich an? Ein Verbrecher – er stand wegen Einbruchs vor Gericht. Solche Freunde suchen Sie sich aus!« rief er keuchend. »Nun, wir werden schon sehen!«

Er drehte sich um und verließ das Zimmer. Sie verschloß hinter ihm die Tür. Zum erstenmal wagte sie zu hoffen. Wer wußte, was die Nacht bringen würde? Denn sie hatte Larry O'Ryan noch etwas anderes erzählt, was Lidgett nicht wußte.

12

Mr. Reeder schlief fest und traumlos wie jede Nacht. Er war kurz nach zehn Uhr zu Bett gegangen. Gegen vier Uhr morgens stand er auf, setzte Wasser für den Tee auf den Herd und ließ sein Bad einlaufen.

Um halb fünf arbeitete er bereits an seinem Schreibtisch.

Er besaß eine erstklassige Bibliothek, und es gab kaum eine menschliche Schwäche oder Absonderlichkeit, über die er nicht in irgendeinem Werk hätte Aufschluß finden können. Er nahm einen Band heraus und blätterte darin. Ja, es gab genug Parallelfälle für die Hortung von Goldschätzen. Der Fall Schneider, der Fall van der Hyn, der polnische Baron Poduski, der Bankier Lamonte und der exzentrische amerikanische Millionär John G. Grundewald – sie alle hatten Gold in riesigen Mengen angehäuft. Und zwei von ihnen verfügten in ihren Testamenten ähnliche Bestimmungen wie Lane Leonard.

Mr. Reeder versuchte, Buckinghams Rollen als Geschäftsmann und als Wächter zu rekonstruieren. Er hatte zusammen mit anderen einen gewaltigen Schatz bewacht. Vorerst blieb unklar, ob und auf welche Weise er Gelegenheit zum Stehlen gehabt hatte. Jedenfalls aber war es ihm auf irgendeine Art gelungen, große Goldbestände in seinen Besitz zu bringen. Diese Entdeckung hatte Reeder tags zuvor gemacht. Fünfzig- bis sechzigtausend Pfund in Gold waren auf das Konto der Land Development Corporation eingeliefert worden, so viel, daß man die Firma aufgefordert hatte, die Herkunft der Barren nachzuweisen. Daraufhin hatte die Firma gedroht, sich nach einer anderen Bank umzusehen, wenn sie solchen Belästigungen ausgesetzt werde.

Wann konnte das Gold gestohlen worden sein? Buckingham hatte man am Sonntag tot aufgefunden, und Major Olbude war am Freitag davor zum letztenmal in der Schatzkammer gewesen.

Es wurde hell.

Mr. Reeder zog die Jalousien hoch und sah auf die regennasse Straße hinunter. Die Wolken hingen schwer und bleifarben über der Stadt. Er goß noch eine Tasse Tee auf, dann trat er wieder ans Fenster und starrte hinaus.

In der Stille heulte ein Motor auf, und von der Lewisham High Street her kam ein Wagen um die Ecke. Er verfolgte einen Zickzackkurs, was J. G. zu Spekulationen über den Trunkenheitsgrad des Fahrers anregte.

Zu Mr. Reeders Überraschung hielt der Wagen vor seinem Haus. Nach einer Weile taumelte ein Mann heraus. Er kam schwankend durch den Vorgarten und stolperte die Steintreppe hinauf. Bevor er die Tür erreichte, war Mr. Reeder bereits unten, um sie zu öffnen. Er fing Larry O'Ryan in seinen Armen auf und stützte ihn.

»Es geht schon«, murmelte Larry. »Ich brauche ein wenig Wasser. Kann ich mich einen Augenblick setzen?«

Mr. Reeder schloß mit einem Fußtritt die Haustür und führte O'Ryan zu einer Sitzbank in der Diele.

»Es geht gleich wieder. Ich habe ein bißchen Blut verloren –«, brummte Larry. Der Mantel war an den Schultern rot gefärbt und Larrys Gesicht unter den breiten roten Streifen kaum zu erkennen. »Alles in Ordnung –«, fing er wieder an. »Ich hab' nur ein bißchen den edlen Ritter gespielt!« Er lächelte schwach. »Gebrochen scheint nichts zu sein, obwohl das Autofahren kein Vergnügen war. Ich bin froh, daß ich keinen Revolver bei mir gehabt habe. Ich hätte geschossen. Jetzt kann ich schon wieder gehen.«

Er stand auf und schwankte.

Mr. Reeder führte ihn die Treppe hinauf zum Bad, tränkte ein Handtuch im Wasser und säuberte sein Gesicht. Unter dem Haar zeigte sich eine klaffende Platzwunde.

»Ich glaube, es war der Chauffeur. Ganz sicher bin ich nicht. Ich hatte den Wagen einen Kilometer vor Sevenways Castle abgestellt und machte mich zu Fuß auf den Weg.«

Mr. Reeder schnitt Larrys Haar im Bereich der Wunde ab und desinfizierte die Verletzung.

»Jedenfalls hab' ich mit ihr gesprochen!« stieß Larry hervor.

»Sie haben mit ihr gesprochen?« fragte Mr. Reeder erstaunt. »Ja, wenn auch nur ein paar Sekunden. Sie konnte nicht durchs Fenster, es war vergittert, und die Tür hatte man abgesperrt. Aber wir konnten uns kurz unterhalten. Ich hatte eine zusammenlegbare Leiter bei mir, um das Fenster zu erreichen. Sie werden das Ding in einer Rabatte neben der Auffahrt finden.«

Mr. Reeder sah ihn düster an.

»Wollen Sie damit sagen, daß Miss Leonard gefangengehalten wird?«

»Allerdings. Es gibt zwar Personal im Haus, aber es ist von ein und demselben Mann ausgewählt worden. Und ein großer Teil des Goldes hat sich verflüchtigt.«

J. G. Reeder schwieg lange.

»Woher wissen Sie das?« erkundigte er sich schließlich.

»Ich ging hinein und sah es mir an«, erwiderte Larry gleichmütig. »Der Major wird wahrscheinlich behaupten, ich hätte es gestohlen, aber das wäre schon physisch rein unmöglich. Ich hatte immer vor, mir diese Schatzkammer einmal anzusehen – ich besitze Fotografien sämtlicher Schlüssel zu den Türen und Tresoren, die die bewußte Panzerschrankfabrik in den letzten zehn Jahren angefertigt hat. Woher ich diese Bilder habe, möchte ich lieber nicht sagen. Jedenfalls war es das einfachste von der Welt, die Schatzkammer zu betreten.«

»Die Wachen –?«

Larry schüttelte unvorsichtigerweise den Kopf, zuckte aber sofort zusammen.

»Au! Das ist weniger angenehm! – Es gibt keine Wachen. Diese Geschichte ist erlogen. Solange Lane Leonard lebte, war das etwas anderes. Nein, ich kam ohne weiteres hinein – und ebenso leicht auch wieder heraus. Mehr als die Hälfte der Behälter ist leer! Ich hatte meinen Wagen fast wieder erreicht, als ich überfallen wurde. Jemand muß den Wagen bemerkt und meine Rückkehr abgewartet haben. Ich sah niemanden, hörte aber ein leises Geräusch und drehte mich um. Das hat mir wahrscheinlich das Leben gerettet.«

»Sie haben den Mann nicht gesehen, der Sie niedergeschlagen hat?«

»Nein, es war ziemlich dunkel, aber der Kerl wird noch lange an mich denken. Ich hatte einen Degenstock bei mir – ein Souvenir aus Spanien. Bevor der Bursche zum zweitenmal zuschlagen konnte, versetzte ich ihm eins über den Kopf. Er schrie auf und rannte davon. Ich weiß nicht genau, wie ich zum Wagen und nach London zurückgekommen bin.«

»Darf ich fragen, warum Sie eigentlich nach Sevenways Castle gefahren sind?«

»Sie bat mich, sie aufzusuchen – sie sprach französisch, damit der Chauffeur sie nicht verstehen sollte. Bei dieser Gelegenheit erzählte sie mir auch, daß sie zu Ihnen kommen wollte. Ihr Zimmer geht auf den Park hinaus – das dritte Fenster rechts vom hinteren Eingang. Das Gebäude wird als Schloß bezeichnet, in Wirklichkeit ist es ein Haus im Tudorstil. Wie ich schon sagte, ist das Fenster vergittert, so daß aus meinem Plan nichts wurde.«

»Was hatten Sie denn vor, um Himmels willen?«

»Ich wollte sie entführen – das war ihr Einfall.«

Mr. Reeder erstarrte.

»Sie wollten sie entführen?« wiederholte er ungläubig.

»Natürlich. Sie hat mich darum gebeten. Das klingt zwar albern, aber es ist einfach so. Sie muß sehr viel Vertrauen zu mir gehabt haben, oder sie war eben sehr verzweifelt.«

Mr. Reeder ging trotz der Proteste Larrys zum Telefon.

»Ich brauche wirklich keinen Arzt. Ein Schlag auf den Kopf ist doch nicht so schlimm.«

»Schlimm genug bei einer acht Zentimeter langen Platzwunde«, sagte Mr. Reeder.

Eine halbe Stunde später erschien ein Arzt, der die Wunde nähte. Mr. Reeder bestand darauf, Larry im Hause zu behalten – eine seltene Ehre, denn so weit sich Mr. Reeders Haushälterin zurückerinnern konnte, war das der erste Gast, der hier einquartiert wurde.

13

Am frühen Nachmittag erreichte Mr. Reeder Sevenways Castle. Es stand in einem großen Park, und Larry hatte nicht zu Unrecht behauptet, daß das Gebäude wenig Ähnlichkeit mit einem Schloß habe. Es war im Tudorstil erbaut und wies an dem einen Flügel einen ziemlich häßlichen, modernen Anbau auf. Das mußte die Schatzkammer sein.

Reeder hatte seine Ankunft telefonisch angekündigt. Major Olbude erwartete ihn auf der Veranda und führte ihn gleich in die getäfelte Bibliothek, wo im offenen Kamin ein Feuer brannte.

»Ich war heute früh im Zweifel, ob ich Ihre Ankunft abwarten oder besser gleich die Polizei verständigen sollte. Gestern nacht wurde nämlich mein Wildhüter überfallen und mit einer Stichwaffe verletzt. Ich mußte ihn nach London ins Krankenhaus bringen lassen. Ehrlich gesagt, Mr. Reeder, die Ereignisse der letzten Tage haben mich so nervös gemacht, daß ich es für umsichtiger hielt, meine Nichte nach Paris zu schicken. Wenn man bedenkt, daß einer meiner Wächter getötet und der Wildhüter verletzt wurde, so liegt die Vermutung nahe, daß ein Überfall auf die Schatzkammer vorbereitet wird. Wenn ich nicht durch die Bestimmungen des Testaments gebunden wäre, hätte ich den ganzen Goldbestand einer Londoner Bank zur Aufbewahrung zuführen lassen. Übrigens werden Sie sicher erleichtert sein, wenn ich Ihnen sage, daß ich die Schatzkammer heute inspiziert habe, ohne etwas Verdächtiges festzustellen. Sämtliche Behälter sind nach wie vor versiegelt. Eigentlich habe ich es auch nicht anders erwartet. Trotzdem bin ich, das brauche ich wohl nicht besonders zu betonen, sehr froh darüber. Ich hätte mir wirklich nicht die geringsten Sorgen zu machen brauchen. Die Kammer ist absolut sicher, und Buckingham hätte ein ausgesprochener Fachmann sein müssen, um sich Zutritt verschaffen zu können. Den Schlüssel habe ich Tag und Nacht bei mir. Ich trage ihn an einer silbernen Kette um den Hals.«

»Und die Behälter sind alle in Ordnung?« erkundigte sich Mr. Reeder.

»Jawohl. Möchten Sie die Anlagen besichtigen?«

Mr. Reeder folgte dem Major durch einen langen Gang. Sie kamen in einem kleinen Raum, in dem sich eine Stahltür befand. Olbude schloß sie auf, und sie betraten eine Art Vorraum mit vergittertem Oberlicht. Von hier aus führte eine weitere Stahltür in einen schmalen Korridor, durch den sie in den äußeren Anbau, das heißt in den die eigentliche Schatzkammer umschließenden Gebäudeteil gelangten.

Die ganze Anlage war tatsächlich so etwas wie ein riesiger Tresor aus Beton und Stahl. Mr. Reeder besichtigte die Wohnküche für die Wachen. Ganz in der Nähe befand sich die letzte und schwerste Stahltüre – der Zugang zur inneren Schatzkammer.

»Ich glaube, man kann sogar von einem Gewölbe sprechen«, bemerkte der Major, »weil die Kammer ungefähr eineinhalb Meter in die Erde eingelassen ist. Man geht eine kleine Treppe hinunter ...«

Mr. Reeder sah sich um.

»Wo ist die Wache?« fragte er.

Major Olbude breitete verzweifelt die Arme aus.

»Ich fürchte, ich habe den Kopf verloren! Ich zahlte jedem einen Monatslohn aus und entließ alle, als ich zurückkam. Das war wahrscheinlich dumm von mir, weil man sich auf die Männer verlassen konnte, aber wenn man einmal mißtrauisch geworden ist, hat es wohl keinen Sinn, auf halbem Weg stehenzubleiben.«

Mr. Reeder besah sich die dritte Stahltür genau. Er stellte sofort fest, daß nur ein Genie von Einbrecher dieses letzte Hindernis überwinden könnte – und auch nur unter Verwendung modernster Werkzeuge. Es war kaum eine Aufgabe für einen einzelnen Mann, schon gar nicht für einen Amateur.

Er kehrte hinter Olbude ins Haus zurück, die Hände in den Taschen, den unvermeidlichen Schirm über den Arm gehängt, die

Melone ins Genick geschoben. Er blieb stehen, um eine der Statuen zu bewundern, die in der großen Eingangshalle aufgestellt waren.

»Ein sehr altes Haus –«, sagte er bewundernd. »Ich interessiere mich für diese englischen Landsitze. Wäre es möglich, daß ich das Haus besichtigen könnte?«

Der Major zögerte.

»Warum nicht?« meinte er dann. »Viele Zimmer sind allerdings abgeschlossen. Wir benützen nur einen Flügel.«

Sie gingen von Zimmer zu Zimmer, ohne jemanden anzutreffen. Im großen Wohnsalon bemerkte Mr. Reeder auf einem niedrigen Tisch ein Buch. Es lag, mit dem Rücken nach oben, aufgeschlagen da. Jemand wünschte also dort, wo er aufgehört hatte, weiterzulesen. Neben dem Buch lagen eine Brille und ein Futteral. Mr. Reeder sagte nichts.

Er folgte dem Major ins Speisezimmer, bewunderte die schöne Täfelung und die künstlerisch ausgearbeiteten Fensternischen und vertiefte sich, während Olbude die Geschichte von Sevenways Castle erzählte, aufmerksam lauschend in das geschnitzte Wappen des ursprünglichen Besitzers.

»Das obere Stockwerk wollen Sie doch sicher nicht sehen?«

»O doch – die alten Schlafzimmer in diesen Landsitzen interessieren mich ganz besonders«, versicherte Mr. Reeder.

Sie stiegen eine breite Treppe hinauf, die in einen dunklen Korridor mündete.

»Das ist das Zimmer meiner Nichte –.« Olbude öffnete die Tür zu einem düster wirkenden Zimmer mit Himmelbett. »Wie ich schon sagte, fuhr sie heute morgen nach Paris . . .«

»Und hinterließ alles in peinlichster Ordnung«, murmelte Mr. Reeder. »Sehr erfreulich bei einer modernen jungen Dame.«

Nichts ließ erkennen, daß der Raum bewohnt gewesen war. Es roch sogar ein wenig muffig.

»In diesem Flügel gibt es sonst nichts Interessantes zu sehen – es sei denn, mein Schlafzimmer!« versuchte Major Olbude zu scherzen.

Er kehrte um und führte seinen Gast an der Treppe vorüber in den entgegengesetzten Teil des Korridors, wobei er seine Schritte beschleunigte.

Doch Mr. Reeder blieb vor einer Tür stehen.

»Es gibt übrigens einen berühmten Ausspruch eines Franzosen über einen englischen Landsitz«, begann er feierlich. »Sprechen Sie – äh – Französisch?«

Olbude erwiderte etwas beschämt, daß er zwar Griechisch und Latein gelernt habe, die modernen Sprachen aber leider nicht beherrsche.

»Der Franzose sagte ...« Mr. Reeder rief etwas auf französisch, und zwar sehr laut. Hätte Major Olbude Französischkenntnisse besessen, so würde er folgendes vernommen haben: »Wenn Sie im Zimmer sind, bewegen Sie bitte Ihren Vorhang, sobald Sie mich vor dem Haus sprechen hören!«

»Ich sagte Ihnen doch, daß ich das nicht verstehe«, bemerkte Olbude beleidigt.

»Ach, natürlich«, entschuldigte sich Mr. Reeder freundlich. »Der Franzose meinte ... Aber wissen Sie, der Ausspruch ist eigentlich gar nicht zu übersetzen. – Und jetzt möchte ich ganz gern das Haus von außen sehen.«

Sie stiegen eine Treppe hinunter, traten ins Freie und schlenderten den Kiesweg hinter dem Haus entlang. Olbude wurde immer ungeduldiger und schien von einer wachsenden Besorgnis erfüllt zu sein. Ständig sah er sich um, als erwarte er einen unwillkommenen Besucher. Mr. Reeder entging nichts.

Als er unter dem dritten Fenster rechts vom hinteren Eingang stand, fragte er laut, indem er auf eine entfernte Baumgruppe deutete: »Wurde dort Ihr Wildhüter überfallen?«

Während er sprach, warf er schnell einen Blick über die Schulter. Der Vorhang am dritten Fenster bewegte sich.

»Nein, das war auf der gegenüberliegenden Seite«, fertigte ihn der Major kurz ab. »Jetzt wollen Sie sich wahrscheinlich Buckinghams Zimmer ansehen? Die Polizei war übrigens gestern hier und hat alles durchsucht, so daß sich ein nochmaliger Augenschein wohl kaum lohnen wird. Soviel mir bekannt ist, wurde auch gar nichts gefunden.«

Mr. Reeder sah ihn aufmerksam an.

»Nein, ich glaube nicht, daß ich Buckinghams Zimmer sehen möchte. Dagegen hätte ich Lust, Ihnen ein paar Fragen zu stellen. Darf ich das Innere der Schatzkammer sehen?«

»Nein, das dürfen Sie nicht!« Olbudes Stimme klang scharf und unfreundlich. Er schien das selbst zu bemerken und versuchte sofort, die ungünstige Wirkung abzuschwächen. »Verstehen Sie mich recht, Mr. Reeder, meine Verantwortung ist sehr groß. Meine Aufgabe belastet mich so sehr, daß ich schon daran gedacht habe, das Gericht um Bestellung eines neuen Vermögensverwalters zu bitten.«

Sie waren in die Bibliothek zurückgekehrt. Mr. Reeder gab sich nicht länger als der ein wenig schüchterne ältere Herr. Seine Worte kamen jetzt knapp und befehlend.

»Ich möchte Ihre Nichte sprechen.«

»Sie ist nach Paris gefahren.«

»Wann?«

»Heute morgen, mit dem Wagen.«

»Ist Ihre Nichte kurzsichtig? Trägt sie eine Brille?«

Olbude ließ sich überrumpeln.

»Ja. Der Arzt hat ihr eine Lesebrille verordnet.«

»Wie viele Brillen hat sie?«

Major Olbude zuckte die Achseln.

»Was sollen diese albernen Fragen?« sagte er gereizt. »Soviel ich weiß, hat sie nur eine Brille, blaues Schildpatt . . .«

»Würden Sie mir dann freundlichst erklären, warum sie eine größere Reise antrat, ohne die Brille mitzunehmen? Sie liegt nämlich im Wohnzimmer. Und jetzt möchte ich das Zimmer Ihrer Nichte sehen!«

»Das habe ich Ihnen bereits gezeigt«, antwortete Olbude mit erhobener Stimme.

»Ich möchte das dritte Zimmer links von der breiten Treppe sehen.«

Olbude warf J. G. einen Blick zu und lachte dann.

»Mein lieber Mr. Reeder, es ist doch sicherlich nicht die Art der Staatsanwaltschaft . . .«

»Es ist meine Art«, knurrte Mr. Reeder.

Nach einer längeren Pause sagte der Major: »Gut, ich gehe hinauf und hole sie.«

»Wenn es Ihnen nichts ausmacht, komme ich mit.«

Vor der Tür von Miss Leonards Zimmer zögerte Olbude.

»Ich will Ihnen die Wahrheit sagen, obwohl ich nicht einsehe, warum Sie die Sache etwas angehen sollte. Meine Nichte war sehr indiskret. Wie ich in Erfahrung bringen konnte, wollte sie mit einem Unbekannten entfliehen, der meines Wissens vorbestraft ist – das dürften Sie bestätigen können, weil Sie mit dem Fall zu tun hatten. Als Pamelas Vormund habe ich natürlich gewisse Pflichten, und meine Notlüge über ihre Reise nach Paris . . .«

»Vielleicht wird sie mir das alles selbst erklären.«

Major Olbude nahm einen Schlüssel aus der Tasche und schloß die Tür auf.

»Komm heraus, Pamela! Mr. Reeder möchte dich sehen.«

Sie stand in der Mitte des Zimmers, die Augen unverwandt auf ihren Vormund gerichtet.

»Es stimmt doch, daß du das Haus verlassen wolltest und daß ich dich deswegen in deinem Zimmer eingesperrt habe?«

Sie nickte. Man konnte deutlich erkennen, daß sie vor Angst kein Wort herausbrachte. Reeder spürte jedoch, daß nicht der Major ihr diese Furcht einflößte.

»Das ist Mr. Reeder – du hast ihn, glaube ich, gestern kennengelernt. Mr. Reeder scheint der Ansicht zu sein, daß hinter meiner erzieherischen Maßnahme etwas Unheimliches steckt. Habe ich dich in irgendeiner Hinsicht schlecht behandelt?«

Sie schüttelte den Kopf, aber so schwach, daß man es kaum bemerkte.

»Möchtest du Mr. Reeder irgend etwas sagen – irgendeine Beschwerde vorbringen? Mr. Reeder hat mit der Staatsanwaltschaft zu tun.« Olbudes Stimme nahm einen schwülstigen Ton an. »Wenn ich in irgendeiner Weise ungesetzlich gehandelt haben sollte, wird er dafür sorgen . . .«

»Das ist doch alles ganz unsinnig und überflüssig, nicht wahr, Major Olbude?« unterbrach Reeder tadelnd. »Ich meine, dieses – äh – Einsagen und Drohen. Wenn ich mich vielleicht ein paar Minuten in der Bibliothek mit der jungen Dame allein unterhalten könnte . . .«

»Worüber? Sie möchten Sie über mich ausfragen, nicht wahr?«

»Bemerkenswerterweise kam ich hierher, um Ermittlungen in der Mordsache Buckingham anzustellen. Wenn Sie damit etwas zu tun haben, können Sie sich darauf verlassen, daß ich Fragen über Sie stellen werde.« Reeder sah den Major forschend an. »Wenn Sie aber in die Sache nicht verwickelt sind, haben Sie von unserem Gespräch auch nichts zu befürchten. – Kannten Sie Buckingham, Miss Leonard?«

»Ja«, sagte sie leise. »Aber nicht sehr gut.«

»Wir gehen wohl besser in die Bibliothek«, unterbrach Olbude stockend. »Ich glaube nicht, daß Ihnen Pamela helfen kann, aber da Sie darauf bestehen, sie zu verhören, werde ich Ihnen nichts in den Weg legen. Ich bin natürlich nicht begeistert davon, daß ein junges Mädchen gezwungen wird, über einen Mord zu sprechen.«

Er ging in die Bibliothek voraus, machte aber keine Anstalten, sich zu entfernen.

Miss Leonard wußte wenig über Buckingham. Mr. Reeder konnte sich des Eindrucks nicht erwehren, daß sie sich nicht im mindesten für den Mordfall interessierte. Sie hatte das Bild in der Zeitung gesehen und die Aufmerksamkeit ihres Onkels darauf gelenkt. Sie konnte nichts über die Schatzkammer berichten, da sie sie seit der Fertigstellung nie von innen gesehen hatte.

Olbudes Gegenwart schien sie nicht zu stören, aber bei jeder Antwort auf eine Frage warf sie einen verängstigten Blick zur Tür, als erwarte sie jemanden.

Er sah auf die Uhr, und sein Benehmen änderte sich plötzlich. Er war bis jetzt zu dem Mädchen sehr liebenswürdig gewesen, doch nun sagte er scharf: »Ihre Antworten befriedigen mich gar nicht, Miss Leonard! Ich muß Sie nach Scotland Yard mitnehmen.«

Einen Augenblick sah sie ihn entsetzt an, aber dann begriff sie, und Erleichterung zeichnete sich auf ihrem Gesicht ab.

Der Major erhob sich.

»Das ist eine ausgesprochene Anmaßung!« begehrte er auf. »Und ich glaube, daß ich Ihnen eine Menge Unannehmlichkeiten erspare, indem ich das ganz einfach nicht zulasse. Ich will Ihnen etwas gestehen, Mr. Reeder. Ich habe diesen Buckingham gedeckt. Einen Grund dafür kann ich nicht angeben, außer, daß ich meine Nichte vor der Neugier der Öffentlichkeit schützen wollte. Als ich heute morgen die Schatzkammer betrat, stellte ich fest, daß vier Behälter leer waren. Sie fragten mich vorhin, ob Sie die innere Kammer sehen könnten, und ich lehnte ab. Das war sehr unklug von mir, und wenn Sie wollen, kann ich nicht nur zu dem Diebstahl, sondern auch zum Verschwinden Buckinghams einiges . . .«

»Zuerst möchte ich Ihnen etwas erzählen!« unterbrach ihn Mr. Reeder. »Eine alte Geschichte. Einen Teil davon erfuhr ich von einem ehemaligen Zögling der Schule, in der Sie unterrichteten.«

Major Olbude befeuchtete seine Lippen.

»Es ist die Geschichte eines Namensvetters von Ihnen –«, holte Mr. Reeder aus, »eines recht schlauen Mannes. Er hatte sogar Ihren militärischen Rang, und wenn ich mich recht erinnere, hieß er mit Vornamen – äh – Digby.« Er sah, wie sich Olbude verfärbte, und ließ den Blick nicht von ihm. »Unglücklicherweise war er rauschgiftsüchtig, doch muß man gerechterweise zugeben, daß er sich dieser Schwäche schämte. Als er so weit sank, daß er mit Kokain zu handeln begann, nahm er einen anderen Namen an. Ich veranlaßte seine Verhaftung. Er gestand mir, daß er reiche Verwandte habe, die ihm helfen könnten, und erwähnte einen Schwager namens Lane Leonard. Zu diesem Zeitpunkt war er, wie ich schon erwähnte, ziemlich tief gesunken. Ich bin nicht gerade ein Menschenfreund, aber ich habe eine Schwäche für Hilflose, und je hilfloser sie sind, desto mehr bemühe ich mich, etwas für sie zu un. Der Erfolg gibt mir selten recht. Bei Major Digby Olbude konnte ich leider nichts erreichen. Ich blieb nach seiner Entlassung aus dem Gefängnis mit ihm in Verbindung. Aber nach einiger Zeit tauchte er unter, und ich hörte nichts mehr von ihm, bis ich erfuhr, daß er im Krankenhaus St. Pancras verstorben war. Man beerdigte ihn unter dem Namen Smith. Zum Unglück für alle Beteiligten hielt sich damals auch ein alter Bekannter von Olbude in dem Krankenhaus auf, und über diesen Verbindungsmann erfuhr Lidgett den Sachverhalt über den wirklichen Digby Olbude.«

Endlich fand der Major die Sprache wieder.

»Es gibt viele Olbudes auf der Welt«, sagte er, »und Digby ist ebenfalls nicht selten. Vielleicht war er mit mir verwandt.«

»Ich glaube nicht, daß er mit Ihnen verwandt war«, erwiderte Mr. Reeder nachsichtig. »Es ist wohl besser, wenn ich mit Lidgett spreche, und dann möchte ich mit Scotland Yard telefonieren und den für den Fall Buckingham verantwortlichen Kriminalbeamten hierherbitten. Ich fürchte, das Ganze wird ziemlich unangenehm für Sie werden.«

»Ich weiß nichts über Buckingham –«, beteuerte Olbude heiser. »Mit den Wachen hatte ich wenig zu tun. Ich bezahlte sie, das war alles.«

»Wenn Sie ›Wachen‹ sagen, meinen Sie natürlich nur einen Wächter«, berichtigte Mr. Reeder. »Seit Mr. Leonards Tod gab es keine Bewacher der Schatzkammer mehr. Der einzige war Buckingham gewesen. Es fiel mir wirklich nicht schwer, das herauszufinden. Haben Sie übrigens den Schlüssel zur Schatzkammer?«

Der Major schüttelte den Kopf.

»An einer Silberkette um den Hals?« half Mr. Reeder nach.

»Nein«, sagte Olbude brüsk. »Ich habe ihn nie gehabt. Lidgett trägt ihn bei sich.«

Mr. Reeder lächelte.

»Ein Grund mehr, den Chauffeur hierherzubitten.«

Pamela hörte schweigend zu.

»Lidgett ist in seinem Zimmer«, bemerkte Olbude schließlich. »Und Sie glauben, daß es wirklich ernst für mich ...«

Mr. Reeder seufzte.

»Ich fürchte, ja.«

»Nichts kann viel schlimmer sein als das demütigende Dasein der letzten Jahre. Ich hätte nie gedacht, daß man für Reichtum einen so hohen Preis zahlen muß.« Er sah das Mädchen mit wehmütigem Lächeln an. »In der Schatzkammer befindet sich Gold im Wert von nahezu fünfhunderttausend Pfund. Ich habe neulich eine oberflächliche Berechnung angestellt. Lidgett hatte die Freundlichkeit, mir den Schlüssel zu überlassen – es blieb ihm nichts anderes übrig, weil ich mich weigerte, über den Inhalt der Schatzkammer eine Erklärung abzugeben, bevor ich mich nicht selbst davon überzeugt hatte, daß das Gold nicht völlig verschwunden war. – Er und Buckingham besuchten gemeinsam Spielklubs. Mir ist nie ganz klargeworden, wie Buckingham sein Vertrauen gewann, aber ich könnte mir vorstellen, daß Buckingham für den Transport des Goldes nötig war. Ich möchte jedoch feststellen, daß ich von dieser Plünderung nichts wußte, obwohl ich einen gewissen Verdacht nie loswurde. Als ich Lidgett den Diebstahl auf den Kopf zusagte, gab er offen alles zu und meinte, ich würde es nicht wagen, etwas gegen ihn zu unternehmen. Ich weiß, daß sich die beiden sehr viel stritten, und Miss Leonard wird Ihnen erzählen können, daß es sogar zu Handgreiflichkeiten kam, bei denen Lidgett unterlag. Darauf ist wohl auch der Mord zurückzuführen. Und jetzt werde ich wohl besser Lidgett holen!«

Er verließ das Zimmer.

14

Olbude stieg die Treppe hinauf und ging den Korridor entlang bis zum Ende des linken Flügels. Dort klopfte er an eine Tür. Eine mürrische Stimme antwortete, und als er seinen Namen nannte, hörte er das Schlürfen von Schritten. Gleich darauf wurde der Schlüssel im Schloß umgedreht.

Lidgett trug einen Schlafrock. Sein Gesicht war bepflastert.

»Ist er endlich gegangen?« knurrte er.

Major Olbude schüttelte den Kopf.

»Nein«, erwiderte er lächelnd. »Im Augenblick sitzt er mit Miss Leonard in der Bibliothek.«

Lidgett riß die Augen auf.

»Mit ihr? Was, zum Teufel, soll das heißen?«

»Es soll heißen, daß ich Mr. Reeder die Wahrheit gesagt habe, soviel mir davon bekannt ist. Ich konnte ihm natürlich von den Umständen, die zum Mord an Buckingham führten, nichts berichten, weil ich nicht weiß, was eigentlich vorgefallen ist. Aber Ihre Geschäftigkeit am nächsten Tag in der Garage und das fleißige Wagenwaschen lassen darauf schließen, daß der Mord in der Garage verübt wurde. Ich weiß, daß Sie im Ofen Kleidungsstücke verbrannt haben – aber das ist jetzt alles ganz unwichtig.«

Lidgett war sprachlos. Und dann, als er begriff, was das bedeutete, schrie er auf: »Du hinterhältiger ...«

15

Mr. Reeder hörte zwei Schüsse, dann einen dritten.

Er rannte die Treppe hinauf und erreichte den Schauplatz gleichzeitig mit einem Diener.

Als er in die Biliothek zu Pamela zurückkehrte, war sein Gesicht ernst.

»Ich bringe Sie jetzt nach London, Miss Leonard. Ich habe eines der Dienstmädchen gebeten, Ihre Sachen zu packen und herunterzubringen.«

»Ich kann doch selbst ...« begann sie.

»Es ist nicht nötig.«

»Was ist passiert?« fragte sie.

»Wir unterhalten uns im Wagen darüber.«

Aber er löste sein Versprechen nicht ein. Er zeigte ihr auch den an einer Silberkette befestigten Schlüssel nicht, den er in der Tasche trug – er stammte vom Hals des toten Lidgett und war noch mit Blutspritzern befleckt.

16

»Die ganze Geschichte ist, soweit ich sie zusammenfügen konnte, einigermaßen kompliziert«, erläuterte Mr. Reeder seinem Chef, »aber doch wieder nicht so kompliziert, wie wir angenommen hatten. Das stellt sich ja immer wieder heraus. – Der echte Major Olbude war rauschgiftsüchtig und starb im Krankenhaus St. Pancras. Er war mit Lane Leonard verwandt und hatte früher auch geschäftlich mit ihm zu tun gehabt. Als Lane Leonard merkte, daß er im Sterben lag, dachte er wieder an seinen Schwager und schickte Lidgett auf die Suche nach ihm. Durch einen Zufall gelang es Lidgett, Olbude aufzuspüren, das heißt, er entdeckte, daß der Major auf dem Armenfriedhof von St. Pancras begraben lag. – Nun muß man sich darüber im klaren sein, daß Lidgett recht intelligent war. Er wußte, daß die Vermögensverwaltung einem gerichtlich bestellten Treuhänder zufallen würde, wenn nicht umgehend von Lane Leonard selbst ein Verwalter bestellt wurde, und das hätte seine Entlassung bedeutet, da ihn Miss Pamela nicht ausstehen konnte. Er kam auf die Idee, einen falschen Major Olbude vorzuschieben. Seine Wahl fiel auf einen Mann, den er in einem Spielklub in der Dean Street kennengelernt hatte. Es handelte sich um einen Lehrer, einen hochtrabenden Menschen, der vom Spielteufel besessen war und jede Woche einmal nach London fuhr. – Mr. Tasbitt hatte früher an der Fernleigh-Universität unterrichtet, wo Larry O'Ryan studierte. Es besteht gar kein Zweifel, daß Larry unschuldig war und es sich beim wirklichen Dieb um Tasbitt handelte. Lidgett, der sich auf den schlechten Gesundheitszustand seines Herrn verließ, brachte Tasbitt nach Sevenways Castle und stellte ihn als Major Olbude vor. Das Risiko war tatsächlich gering. Nur sehr wenige Leute kannten Olbude. Ich habe erst heute erfahren, daß sein Majorsrang auf Angabe beruhte. Er hatte lediglich zwölf Monate gedient und war nur Leutnant geworden. Aber das ist unwesentlich. Alles hätte geklappt, wenn Buckingham und Lidgett sich nicht in die Haare geraten wären, wahrscheinlich wegen der Aufteilung der Beute. Gemeinsam betrieben sie eine Grundstücksfirma, die zwar nicht gerade riesige Geschäfte tätigte, aber doch nicht schlecht florierte. Es ist mir inzwischen gelungen, Lidgetts Konto ausfindig zu machen, und zu gegebener Zeit wird ein beträchtlicher Teil des fehlenden Vermögens zurückgegeben werden können. – Es war Pech für Tasbitt, daß O'Ryan sich in der Nähe meines Büros aufhielt, als er als Major Olbude zu mir kam. O'Ryan erkannte ihn sofort, aber das beruhte auf Gegenseitigkeit.«

Der Staatsanwalt stellte noch eine Frage: »Wird die junge Dame O'Ryan heiraten?«

»Ich denke schon«, erwiderte Mr. Reeder würdig.

»Besteht denn nicht die Möglichkeit, daß er es nur auf ihr Geld abgesehen hat?«

Mr. Reeder schüttelte, ein wenig bedauernd, den Kopf.

»Er besitzt selbst Vermögen.«

Große Reihe

Das vollständige Programm / Preisänderungen vorbehalten

Romane
Unterhaltung
Tatsachenberichte

Aldridge, Alan (Hrsg.)
The Beatles Songbook.
Mit vielen farbigen Abbildungen und vollständigen Songtexten.
Im Großformat 21 x 28 cm.
(10197) DM 19,80

Aldridge, James
Der wunderbare Mongole.
Roman. (3941) DM 4,80

Barbier, Elisabeth
Verschlossenes Paradies.
Roman. (6308) DM 6,80

Die Mogador-Saga. Bd. I
Bezaubernde Julia.
Roman. (3655) DM 6,80
Die Mogador-Saga. Bd. II.
Leid und Liebe für Julia.
Roman. (3667) DM 5,80
Die Mogador-Saga. Bd. III.
Ludivine und Frédéric.
Roman. (3697) DM 6,80
Die Mogador-Saga. Band IV.
Schicksalsjahre für Ludivine.
Roman. (3708) DM 5,80
Die Mogador-Saga. Band V.
Junge Herrin Dominique.
Roman. (3724) DM 5,80
Die Mogador-Saga. Bd. VI.
Bittersüße Liebe für Dominique.
Roman. (3753) DM 5,80
Mein Vater, der Held.
Roman. (3945) DM 5,80
Weder Tag noch Stunde.
Roman. (3943) DM 6,80

Baumann, Bodo
Bitte recht amtlich.
Satiren aus Deutschland.
(3941) DM 4,80

Beaty, David
Flucht aus Kajandi.
Roman. (6302) DM 6,80
Zone des Schweigens.
Roman. (3852) DM 5,80
Gesetz der Serie.
Roman. (3448) DM 5.—
Um Haaresbreite.
Roman. (3460) DM 6,80
Testflug.
Roman. (3644) DM 5,80
Der letzte Flug.
Roman. (3764) DM 6,80
Sirenengesang.
Roman. (3712) DM 5,80

Bergfeld, Thorsten
Nachmittagssonne
Roman. (6352) DM 6,80

Bergius, C.C.
Söhne des Ikarus.
Die abenteuerlichsten Fliegergeschichten der Welt.
(3989) DM 6,80
Heißer Sand.
Roman. (3963) DM 5,80
Schakale Gottes.
Roman. (3863) DM 6,80
Der Tag des Zorns.
Roman. (3519) DM 5,80

Das weiße Krokodil.
Roman. (3502) DM 3,80
Entscheidung auf Mallorca.
Roman. (3672) DM 5,80
Dschingis Chan.
Roman. (3664) DM 7,80
Der Fälscher.
Roman. (3751) DM 6,80

Bergner, Elisabeth
Bewundert viel und viel gescholten.
Unordentliche Erinnerungen.
(3980) DM 8,80

Berthold, Will
Revolution im weißen Kittel.
Hoffnungen und Siege der modernen Medizin.
(3977) DM 7,80
Etappe Paris.
Roman. (3903) DM 5,80
Fünf vor zwölf — und kein Erbarmen.
Roman. (3702) DM 5,80
Brigade Dirlewanger.
Roman. (3518) DM 5,80
Feldpostnummer unbekannt.
Roman. (3539) DM 5,80
Prinz-Albrecht-Straße.
Roman. (3673) DM 6,80
Vom Himmel zur Hölle.
Roman nach Tatsachen.
(3842) DM 5,80
Auf dem Rücken des Tigers.
Roman. (3832) DM 5,80

Beth, Gunther
Meine Mutter tut das nicht.
Roman. (3915) DM 5,80

Bieler, Manfred
Der Kanal.
Roman. (3998) DM 9,80

Binding, Rudolf G.
Reitvorschrift für eine Geliebte.
Mit Federzeichnungen von Wilhelm M. Busch.
(3507) DM 3,80

Blaumeiser, Josef / Nittner, Tomas
Die Wüste bebt.
Absolut keine
Legenden über Arabien.
(6951) DM 7,80

Blickensdörfer, Hans
Der Schacht.
Roman. (3650) DM 6,80

Blobel, Brigitte
Der Mandelbaum.
(6358) DM 5,80
Ehepaare.
Roman. (6359) DM 5,80
Das Osterbuch.
(3847) DM 5,80
Alsterblick.
Roman. (3917) DM 5,80
Jasminas Sohn.
Roman. (6357) DM 5,80

Brent, Madeleine
Cadi.
Roman. (3851) DM 6,80

Bromfield, Louis
Nacht in Bombay.
Roman. (3723) DM 7,80
Kenny.
Roman. (3392) DM 3,80
Früher Herbst.
Roman. (3661) DM 5,80

Buchheim, Lothar-Günther
Tage und Nächte steigen aus dem Strom. Eine Donaufahrt.
(6343) DM 6,80

Buck, Pearl S.
Frau im Zorn.
Roman. (3999) DM 6,80
Wer Wind sät...
Roman. (3960) DM 5,80
Die Liebenden. Erzählungen.
(3991) DM 6,80
Ruf des Lebens.
Roman. (3912) DM 5,80
Und fänden die Liebe nicht.
Roman. (3850) DM 5,80
Geheimnisse des Herzens.
Erzählungen. (3874) DM 6,80
Über allem die Liebe.
Roman. (773) DM 4,80
Die gute Erde.
Roman. (3654) DM 5,80
Das Mädchen Orchidee.
Roman. (3504) DM 6,80
Die Wandlung des jungen Ko-sen.
Roman. (3534) DM 4,80
Der Weg ins Licht.
Roman. (3944) DM 5,80

Burgess, Alan
Sieben Mann im Morgengrauen.
Das Attentat auf Heydrich.
(6329) DM 6,80

Busch, Fritz Otto
Das Geheimnis der »Bismarck«.
Kampf und Untergang des berühmten deutschen Schlachtschiffes.
(3523) DM 5,80

Buschow, Rosemarie
Der Prinz und ich.
Eine wahre Geschichte aus dem Lande der Ölscheichs.
Ein BUNTE-Buch.
(3957) DM 6,80 DE

Byhan, Inge
In 30 Sekunden Crash.
Die ungewöhnlichsten Flugzeugkatastrophen nach Berichten von Augenzeugen. Ein BUNTE-Buch.
(3952) DM 5,80

Caldwell, Erskine
In Gottes sicherer Hand.
Roman. (3910) DM 6,80

Caldwell, Taylor
Gesellschaft im Blizzard.
Roman. (3660) DM 3,80

Canning, Victor
Das brennende Auge.
Roman. (3859) DM 5,80

Colpet, Max
Es fing so harmlos an.
Roman. (3914) DM 5,80

Constantine, Eddie
Der Favorit.
Roman. (6321) DM 5,80
(6360) DM 7,80

Cordes, Alexandra
Dunkle Nacht, heller Tag.
Roman. (6307) DM 5,80
Sehnsucht ist mehr als ein Traum.
Roman. (6336) DM 5,80
Gefährliche Liebe.
Roman. (3969) DM 6,80
Das Lied von Liebe und Tod.
Roman. (3898) DM 5,80
Haus der Träume.
Roman. (3703) DM 5,80
Wilde Freunde.
Die Abenteuer des Rick Hardt.
(3524) DM 4,80
Die Buschärztin.
Roman. (3645) DM 5,80
Das Kind des anderen.
Roman. (3830) DM 5,80
Ich will mir dir allein sein.
Roman. (3908) DM 5,80
Saat der Sünde.
Roman. (3936) DM 5,80
Der Engel mit den schwarzen Flügeln.
Roman. (3868) DM 5,80

Courtney, Caroline
Olivia. Triumph der Liebe.
Roman. (6361) DM 4,80
Lucinda. Geheimnisvolle Liebe.
Roman. (3965) DM 4,80
Davinia. Königsweg der Liebe.
Roman. (3994) DM 4,80

Cussler, Clive
Eisberg.
Roman. (3513) DM 6,80
Der Todesflieger.
Roman. (3657) DM 5,80
Hebt die Titanic.
Roman. (3976) DM 7,80

Czuday, Axel
Allein in der Arktis.
(3896) DM 8,80

Deeping, Warwick
Hauptmann Sorrell und sein Sohn.
Roman. (3668) DM 7,80

Deighton, Len
Unternehmen Adler.
Tatsachenbericht.
(3979) DM 7.80

Große Reihe

Preisänderungen vorbehalten

Denk, Liselotte
Auf der Suche nach morgen.
6360 (DM 7,80)

Dietrich, Marlene
Nehmt nur mein Leben...
(6327) DM 7,80

Drewitz, Ingeborg
Gestern war Heute.
Roman. (3934) DM 9,80
Das Hochhaus.
Roman. (3825) DM 6,80

Dronsart, Claude / Nédélec, Hervé
Saint Tropez, ich liebe dich.
Reportagen und Bilder.
(6364) DM 6,80

Dumas d.Ä., Alexandre
Die drei Musketiere.
Roman. (404) DM 8,80
Der Graf von Monte Christo.
Roman. (815) DM 7,80
Das Halsband der Königin.
Roman. (3404) DM 7,80

Dumas d.J., Alexandre
Die Kameliendame.
Roman. (3389) DM 4,80

Endrikat, Fred
Das große Endrikat-Buch.
(3720) DM 5,80

Engelmann, Bernt
Eingang nur für Herrschaften.
Karrieren über die Hintertreppe.
(3699) DM 5,80

English, Harold
In letzter Minute.
Roman. (6311) DM 7,80

Erler, Rainer
Die letzten Ferien.
Roman. (6310) DM 5,80
Die Delegation.
Roman. (3701) DM 5,80
Fleisch.
Roman. (3727) DM 6,80
Das Blaue Palais.
Romane nach der gleichnamigen Fernsehserie:
Das Genie.
(3743) DM 4,80
Der Verräter.
(3757) DM 4,80
Das Medium.
(3767) DM 4,80
Unsterblichkeit.
(3858) DM 5,80
Der Gigant.
(3909) DM 5,80

Fabel, Renate
Wo die Liebe hinfällt.
Roman. (3916) DM 5,80

Fechner, Eberhard / Kempowski, Walter
Tadellöser & Wolff/Ein Kapitel für sich.
Materialien zu ZDF-Fernsehsendungen.
(3902) DM 6,80

Felinau, Josef Pelz von
Titanic.
Der berühmte Roman um die größte Schiffskatastrophe der Welt.
(3600) DM 6,80

Ferber, Edna
Saratoga.
Roman. (6328) DM 6,80
Giganten.
Roman. (3648) DM 7,80
Show Boat.
Roman. (3716) DM 6,80

Fernau, Joachim
Fernau siehe unten

Ferolli, Beatrice
Sommerinsel.
Roman. (3838) DM 6,80

Fischer, Marie Louise
Mutterliebe.
Roman. (4000) DM 5,80 (Mai 1981)
Ein ergreifender Roman der beliebten Autorin Marie Louise Fischer. Sie beschreibt das Urbild einer sich aufopfernden Frau und Mutter, der die Familie über alles geht.
Die Frauen vom Schloß.
Roman. (3970) DM 7,80
Aus Liebe schuldig.
Roman. (3990) DM 5,80
Tödliche Hände.
Roman. (3856) DM 5,80
Das Dragonerhaus.
Roman. (3869) DM 6,80
Der Schatten des anderen.
Roman. (3715) DM 5,80
Mit einer weißen Nelke.
Roman. (3508) DM 5,80
Süßes Leben, bitteres Leben.
Roman. (3642) DM 4,80
Des Herzens unstillbare Sehnsucht.
Roman. (3669) DM 4,80
Schwester Daniela.
Roman. (3829) DM 5,80
Diese heiß ersehnten Jahre.
Roman. (3826) DM 6,80
Die Rivalin.
Roman. (3706) DM 7,80

Joachim Fernau

Die Gretchenfrage.
Variationen über ein Thema von Goethe.
(6306) DM 5,80 (Juni 1981)
Joachim Fernau, eleganter Erzähler mit Esprit, der Philosoph unter den Sachbuchautoren, mit heiter-gelassenen Causerien über die Gretchenfrage: "Wie hältst du's mit der Religion?" Eine Variation in sieben Sätzen. Fernau - von Millionen gelesen, von Millionen geliebt.

Rosen für Apoll.
Die Geschichte der Griechen
(3679) DM 5,80
Disteln für Hagen
Eine Bestandsaufnahme der deutschen Seele
(3680) DM 5,80
Deutschland, Deutschland über alles ...
Von Anfang bis Ende
(3681) DM 6,80

Die Genies der Deutschen
(3828) DM 6,80
Caesar läßt grüßen
Die Geschichte der Römer
(3831) DM 6,80
Halleluja
Die Geschichte der USA
(3849) DM 6,80
Und sie schämeten sich nicht
Ein Zweitausendjahr-Bericht
(3867) DM 5,80

François
Wenn die Russen angreifen...
Mit einem Vorwort von Paul Carell.
(6324) DM 6,80

Freeman-Solomon, Ruth
Mit dem Herzen einer Wölfin.
Roman. (2946) DM 6,80
Der Falke und die Taube.
Roman. (3756) DM 7,80

Frick, Hans
Dannys Traum.
Roman. (3527) DM 6,80

Gast, Lise
Die Sache, die man Liebe nennt.
Menschen, Pferde und ein Roman.
(6345) DM 5,80
Die Schenke zur ewigen Liebe.
Roman. (3978) DM 4,80
Bittersüß wie Schlehenduft.
Roman. (3827) DM 5,80
Junge Mutter Randi.
Roman. (3710) DM 4,80
Das Familienkind.
Roman. (3458) DM 4,80
Geliebter Sohn.
Roman. (3393) DM 3,80
Das Haus der offenen Türen.
Roman. (3368) DM 4,80
Hochzeit machen, das ist wunderschön.
Roman. (3414) DM 3,80
In Liebe Deine Randi.
Roman. (3488) DM 3,80
Das Leben findet heute statt.
Roman. (3427) DM 4,80
Männer sind Gänseblümchen.
Roman. (3387) DM 3,80
Morgen oder übermorgen.
Roman. (3442) DM 4,80
Randi und das halbe Dutzend.
Roman. (3474) DM 4,80
Die Reise nach Ascona.
Roman. (3375) DM 4,80

Geller, Uri
Auf Biegen und Brechen.
(3995) DM 5,80

Golon, Anne
Angélique und die Verschwörung.
Roman. (3883) DM 6,80

Grumbach-Palme, Joseph M.
Erben gesucht.
Wem gehört das Geld?
(3968) DM 5,80

Habeler, Peter
Keine Angst vor Bergen!
(3959) DM 8,80
Der einsame Sieg.
Mount Everest '78
(3740) DM 8,80

Hackett, General Sir John
Der Dritte Weltkrieg.
Roman. (3865) DM 7,80

Hampel, Bruno
13 Rosen für die Erbin.
Roman. (3918) DM 5,80

Hardeck, Marianne
Die Ehe der Vera S.
Roman. (6350) DM 6,80

Hassencamp, Oliver
Klipp und klar.
Gute und böse Gedanken.
(3911) DM 4,80

Heesters, Johannes
Es kommt auf die Sekunde an.
Erinnerungen.
(3879) DM 7,80

Heinrich, Willi
Schmetterlinge weinen nicht.
Roman. (3647) DM 6,80
Steiner I.
Das geduldige Fleisch.
Roman. (3755) DM 6,80
Steiner II. Das Eiserne Kreuz.
Siehe Warden, Robert.

Heinz, W.C.
Der Chirurg.
Roman. (3526) DM 5,80

Hocken, Sheila
Emma und ich. Die erstaunlichen Erlebnisse einer jungen blinden Frau | mit ihrer klugen Hündin.
(3984) DM 6,80

Hoffenberg, Jack
Die Gunst des Schicksals.
Roman. (3985) DM 9,80

Horbach, Michael
Bevor die Nacht begann.
Roman. (6305) DM 6,80
Die schuldlos sühnen.
Roman. (6349) DM 6,80

Horster, Hans-Ulrich
Verschattete Heimkehr.
Roman. (6313) DM 7,80
Verlorene Träume.
Roman. (3967) DM 6,80
Herz ohne Gnade.
Roman. (3861) DM 6,80
Der rote Rausch.
Roman. (3872) DM 6,80
Ein Student ging vorbei.
Roman. (3735) DM 6,80
Wie ein Sturmwind.
Roman. (3881) DM 7,80
Suchkind 312.
Roman. (3737) DM 6,80
Eheinstitut Aurora.
Roman. (3738) DM 6,80
Die Toteninsel.
Roman. (3754) DM 6,80
Ein Augenblick der Ewigkeit.
Roman. (3821) DM 6,80
Karussell der Liebe.
Roman. (3761) DM 6,80

Houston, James
Wie Füchse aus den Wäldern.
Roman. (6331) DM 7,80

Hugo, Victor
Der Glöckner von Notre-Dame.
Roman. (3953) DM 7,80

Huna, Ludwig
Das Mädchen von Nettuno.
Roman. Die »Borgia«-Trilogie III.
(3505) DM 4,80

Jarman, Rosemary H.
Die heimliche Krone.
Katharina von Valois auf dem englischen Thron.
Roman. (6319) DM 7,80

Jersild, P.C.
Die Insel der Kinder.
Roman. (6309) DM 7,80

Johann, A.E.
Sohn der Sterne und Ströme.
Roman. (3515)
DM 6,80

Kempowski, Walter
Tadellöser & Wolff.
Roman. (3892) DM 9,80
Aus großer Zeit.
Roman. (3933) DM 9,80

Kempowski, Walter / Fechner, Eberhard
Tadellöser & Wolff/Ein Kapitel für sich.
Materialien zu ZDF-Fernsehsendungen.
(3902) DM 6,80

Kernmayr, Hans Gustl
Unternehmen Edelweiß.
Roman. (3725) DM 3,80
Erzherzog Johanns große Liebe.
Roman. (3521) DM 4,80

Kirst, Hans Hellmut
Glück läßt sich nicht kaufen.
Roman. (3711) DM 5,80
Die Nacht der Generale.
Roman. (3538) DM 5,80
08/15 heute.
Der Roman der Bundeswehr.
(1345) DM 5,80
08/15 in der Kaserne.
Roman. Teil 1 der »08/15«-Trilogie.
(3497) DM 5,80
08/15 im Krieg.
Roman. Teil 2 der »08/15«-Trilogie.
(3498) DM 6,80
08/15 bis zum Ende.
Roman. Teil 3 der »08/15«-Trilogie.
(3499) DM 5,80
Keiner kommt davon.
Roman. (3763) DM 6,80
Generalsaffären.
Roman. (3906) DM 6,80

Knebel, Fletcher
Dollarfiesta.
Roman.
(3731) DM 6,80

Knef, Hildegard
Tournee, Tournee.
Die Schauspielerin, der Filmstar, die Autorin, der Showstar.
(10200) DM 9,80
Das Urteil.
(3520) DM 8,80
Nichts als Neugier.
Interviews zu Fragen der Parapsychologie.
(3690) DM 8,80

Kolnberger, Evelyn
Der Wunsch.
Roman. (6353) DM 6,80

Lawrence, Margery
Die Madonna der sieben Monde.
Roman. (6338) DM 7,80

Leigh, Wendy
Was macht einen Mann gut im Bett?
(3854) DM 5,80
Was macht eine Frau gut im Bett?
(3742) DM 5,80

Große Reihe

Preisänderungen vorbehalten

Lentz, Mischa
Isabel.
Die Geschichte eines Sommers.
(6351) DM 5,80

Es ist schon sieben und Grischa nicht hier...
Roman. (6337) DM 5,80

Leonhardt, Rudolf Walter
(Hrsg.)
Lieder aus dem Krieg.
(3683) DM 6,80

Llewellyn, Richard
Der Judastag.
Roman. (3870) DM 7,80

Lundholm, Anja
Zerreißprobe.
Roman. (3877) DM 5,80

MacLean, Alistair
Rendezvous mit dem Tod.
Roman. (2655) DM 6,80
Das Mörderschiff.
Roman. (2880) DM 5,80

Mally, Anita
Premiere.
Roman. (6354) DM 5,80

Markus
Geschichte, die das Leben schrieb.
Ein stern-Buch.
(6952) DM 7,80

Martin, Hansjörg
Herzschlag.
Roman. (3951) DM 6,80

Maupassant, Guy de
Bel Ami.
Roman. (3411) DM 6,80

McKenna, Richard
Das Kanonenboot vom Yangtse-Kiang.
Roman. (3532) DM 6,80

Meissner, Hans-Otto
Im Zauber des Nordlichts.
Reisen und Abenteuer am Polarkreis.
(6347) DM 8,80
Der Stern von Kalifornien.
Reisen und Abenteuer im Südwesten der USA.
(3974) DM 8,80
Alatna.
Roman. (3857) DM 6,80
Versprechen im Schnee.
Roman. (3719) DM 5,80
Im Eismeer verschollen.
Roman. (2923) DM 4.—
Wildes rauhes Land.
Reisen und Jagen im Norden Kanadas.
(3760) DM 7,80
Gemsen vor meiner Tür.
Jagdgeschichten.
(3956) DM 7,80

Merkel, Max
Geheuert — Gefeiert — Gefeuert.
Die bemerke(l)nswerten Erlebnisse eines Fußballtrainers.
(3948) DM 6,80

Konsalik

Das Haus der verlorenen Herzen.
Roman. (6315) DM 6,80
Eine glückliche Ehe.
Roman. (3935) DM 6,80
Das Geheimnis der sieben Palmen.
Roman. (3981) DM 6,80
Verliebte Abenteuer.
Heiterer Liebesroman.
(3925) DM 5,80
Auch das Paradies wirft Schatten.
Die Masken der Liebe.
Zwei Romane.
(3873) DM 5,80
Der Fluch der grünen Steine.
Roman.
(3721) DM 5,80
Schicksal aus zweiter Hand.
Roman. (3714) DM 6,80
Die tödliche Heirat.
Kriminalroman.
(3665) DM 5,80
Manöver im Herbst.
Roman. (3653) DM 6,80
Ich gestehe.
Roman.
(3536) DM 5,80
Morgen ist ein neuer Tag.
Roman.
(3517) DM 5,80
Das Schloß der blauen Vögel.
Roman. (3511) DM 6,80
Die schöne Ärztin.
Roman.
(3503) DM 6,80
Das Lied der schwarzen Berge.
Roman. (2889) DM 5,80
Ein Mensch wie du.
Roman. (2688) DM 5,80
Die schweigenden Kanäle.
Roman. (2579) DM 5,80
Stalingrad.
Bilder vom Untergang der 6. Armee.
(3698) DM 7,80

Metternich, Tatiana
Bericht eines ungewöhnlichen Lebens.
(3922) DM 8,80

Moore, Robin
Das chinesische Ultimatum.
Roman. (3535) DM 5,80
Big Money.
Roman. (3675) DM 5,80

Moore, Robin / Dempsey, Al
Die Rom-Verschwörung.
Agententhriller.
(3973) DM 5,80
Die roten Falken.
Roman. (3659) DM 5,80
Die London-Falle.
Agententhriller.
(3946) DM 5,80 DE

Moore, Robin / Fuca, Barbara
Ein Leben für die Hölle.
Roman. (3717) DM 4,80

Müller, André
Entblößungen.
Ausgefallene, interessante, literarische Interviews.
(3887) DM 7,80

Munshower, Suzanne
John Travolta.
Disco-Star.
(3835) DM 5,80

Nelken, Dinah
Von ganzem Herzen.
Roman. (6301) DM 6,80

Och, Armin
Zürich
Paradeplatz.
Roman.
(6312) DM 6,80

Otta, Stephan
Nur ein Seitensprung.
Roman. (3919) DM 5,80

Pahlen, Henry
Der Gefangene der Wüste.
Roman. (2545) DM 6,80
In den Klauen des Löwen.
Roman. (2581) DM 5,80
Liebe auf dem Pulverfaß.
Roman. (3402) DM 4,80
Schlüsselspiele für drei Paare.
Roman. (3367) DM 6.—
Schwarzer Nerz auf zarter Haut.
Roman. (2624) DM 5,80

Pahlen, Kurt (Hrsg.)
Mein Engel, mein Alles, mein Ich.
294 Liebesbriefe berühmter Musike
(6320) DM 7,80

Pepin F.
Magic 17.
Erotische Begegnungen.
(3855) DM 5,80

Percha, Igor von
Charlotta, Gräfin von Potsdam. Roman. (3466) DM 6.—
Christina Maria und die Petersburger Nächte. Roman. (3440) DM 4,80
Im Auftrag der Königin. Roman. (3670) DM 4,80

Perrin, Elula
Nur Frauen können Frauen lieben. Roman. (3926) DM 5,80

Marcel Pagnol
Der Dichter der Provence

Marius — Fanny — César.
Szenen aus Marseille. (3972) DM 7,80
Marcel.
Eine Kindheit in der Provence. (3750) DM 5,80
Marcel und Isabelle.
Die Zeit der Geheimnisse. (3759) DM 5,80
Die Zeit der Liebe.
Kindheitserinnerungen. (3878) DM 6,80
Die Wasser der Hügel.
Roman. (3766) DM 6,80
Die eiserne Maske.
Der Sonnenkönig und das Geheim nis des großen Unbek. (3862) DM 6,80

Piechota, Ulrike
Traumkonzert
Roman. (6355) DM 5,80

Plievier, Theodor
Stalingrad.
Roman. (3643) DM 6,80

Poe, Edgar Allan
Der Doppelmord in der Rue Morgue (523) DM 4,80
Der Untergang des Hauses Usher. Erzählungen. (3410) DM 4,80

Poyer, Joe
Der Milliarden-Terror.
Polit-Thriller.
(3992) DM 6,80

Preute, Michael und Gabriele
Deutschlands Kriminalfall Nr. 1
Vera Brühne — ein Justizirrtum?
(3891) DM 5,80

Preute, Michael / Guldner, Renate
Elvis Presley. The King.
Mit 28 Illustrationen sowie vollst Disco- und Filmographie.
(3597) DM 4,80

Raab, Fritz
Das Denkmal.
Roman. (6317) DM 7,80

Rampa, Lobsang
Das dritte Auge.
Ein tibetanischer Lama erzählt sein Leben.
(3744) DM 6,80

Rand, Ayn
Der ewige Quell.
Roman. (3700) DM 9,80

Rattay, Arno / Chiczewski, Andrzej
Narben.
Wege zur Versöhnung zwischen Deutschen und Polen.
(6365) DM 7,80

Rezzori, Gregor von
Die Toten auf ihre Plätze!
Ein Filmtagebuch.
(3541) DM 5,80

Rosendorfer, Herbert
Stephanie und das vorige Leben.
Roman. (3823) DM 5,80

Rothenberger, Anneliese
Melodie meines Lebens.
Ein Weltstar erzählt.
(2990) DM 4,80

Ruark, Robert
Die schwarze Haut.
Roman. (6304) DM 8,80
Nie mehr arm. Roman.
1. Teil: (6333) DM 6,80
2. Teil: (6334) DM 6,80

Schaake, Ursula
Zwölf Tage im August.
Roman. (3666) DM 4,80

Schönthan, Gaby von
So nah der Liebe.
Roman. (3890) DM 5,80

Schrobsdorff, Angelika
Die kurze Stunde zwischen Tag und Nacht.
Roman. (3964) DM 9,80
Der Geliebte.
Roman. (3525) DM 6,80
Die Herren.
Roman. (3471) DM 7,80

Schulberg, Budd
Der Entzauberte.
Roman. (3986) DM 7,80
Die Faust im Nacken.
Roman. (3762) DM 6,80

Sebastian, Peter
Schwester Carola.
Roman. (6322) DM 5,80

Stop, Dr. von Menasse!
Arztroman. (6346) DM 5,80
Als die letzte Maske fiel.
Arztroman.
(3993) DM 5,80
Der Chefarzt.
Roman. (3662) DM 4,80
Kaserne Krankenhaus.
Roman. (3822) DM 4,80

Segal, Erich
Oliver's Story.
Roman. (3709) DM 4,80

Seymour, Gerald
Der Ruf des Eisvogels.
Roman. (3930) DM 6,80

Sheldon, Sydney
Ein Fremder im Spiegel.
Roman. (6314) DM 6,80
Jenseits von Mitternacht.
Roman. (6325) DM 7,80
Blutspur.
Roman. (6342) DM 6,80

Sing mit Fischer.
Die schönsten Lieder der Fischer-Chöre.
(3942) DM 6,80

Sinn, Dieter
Rom zu meinen Füßen.
Cesare Borgia. Ein Roman der Macht.
(6340) DM 7,80

Slaughter, Frank G.
Intensivstation.
Roman. (3506) DM 6,80

Sommer, Siegfried
Meine 99 Bräute.
Roman. (3871) DM 5,80

Steffens, Günter
Die Annäherung an das Glück.
Roman. (3988) DM 9,80

Steinbeck, John
Die wunderlichen Schelme von Tortilla Flat.
Roman. (3923) DM 5,80
Wonniger Donnerstag.
Roman. (3931) DM 6,80

Stevens, Robert Tyler
Sommer in Livadia.
Roman. (6339)

Stromberger, Robert
(Hrsg.)
Tod eines Schülers.
Wer ist schuld am Selbstmord von Claus Wagner?
(3950) DM 7,80

Tessin, Brigitte von
Der Bastard.
Roman. (3932) DM 9,80

Stone, Irving
Die Träume leben.
Die Karriere des Heizers D.
Roman. (6326) DM 6,80

Tetsche
Neues aus Kalau.
Ein stern-Buch.
(6953) DM 9,80

Tolstoi, Leo N.
Krieg und Frieden.
Roman. (430) DM 9,80

Troll, Thaddäus
Herrliche Aussichten.
Satirische Feststellungen.
(3734) DM 3,80

Troy, Una
Der Brückenheilige.
Roman. (3676) DM 5,80
Sommer der Versuchung.
Roman. (3380) DM 5,80

Trudeau, Margaret
Ich pfeif' auf die Vernunft.
Erinnerungen.
(3864) DM 7,80

Große Reihe

Preisänderungen vorbehalten

Vialar, Paul
Madame de Viborne.
Roman. (3704) DM 9,80

Wagner, F.J.
Das Ding.
Roman. (3921) DM 6,80

Walker, Margaret
Die Sklavin.
Roman. (3568) DM 6,80

Wallace, Lewis
Ben Hur.
Roman. (645) DM 5,80

Warden, Robert
Steiner II. Das Eiserne Kreuz.
Roman nach Motiven von Willi Heinrich.
(3884) DM 6,80

Wiseman, Thomas
Der Tag vor Sonnenaufgang.
Roman. (6330) DM 7,80

Woodiwiss, Kathleen E.
Wohin der Sturm uns trägt.
Roman. (6341) DM 7,80
Shana.
Roman. (3939) DM 8,80

Zola, Emile
Nana.
Roman. (3996) DM 8,80

Zwerenz, Gerhard
Der chinesische Hund.
Roman. (6323) DM 5,80
Salut für einen alten Poeten.
(3937) DM 5,80
Die 25. Stunde der Liebe.
Roman. (3971) DM 5,80
Schöne Geschichten.
Erotische Streifzüge.
(3987) DM 5,80
Die Quadriga des Mischa Wolf.
Roman. (3652) DM 6,80
Die schrecklichen Folgen der Legende, ein Liebhaber gewesen zu sein.
Erotische Geschichten.
(3674) DM 4,80
Die Ehe der Maria Braun.
Roman nach dem gleichnamigen Film von Rainer Werner Fassbinder.
(3841) DM 5,80
Wozu das ganze Theater?
Roman. (3824) DM 6,80
Eine Liebe in Schweden.
Roman. (3907) DM 5,80
Ungezogene Geschichten.
(3928) DM 5,80

Heitere Romane und Humor

Böttcher, Maximilian
Krach im Hinterhaus.
Roman. (6348) DM 6,80

Gallico, Paul
Kleine Mouche — Pepino — Die Schneeganz. Erzählungen.
(902) DM 3,80

Geißler, Horst Wolfram
Die Glasharmonika.
Roman. (2717) DM 4,80
Der unheilige Florian.
Roman. (1712) DM 4,80
Das Lied vom Wind.
Roman. (3641) DM 5,80

Gilbreth, Frank B. / Gilbreth Carey, Ernestine
Im Dutzend billiger.
Roman. (3929) DM 4,80

Heimeran, Ernst (Hrsg.)
Unfreiwilliger Humor.
(3381) DM 4,80

Holm, Sven (Hrsg.)
Bettfreuden.
Dänische Liebesgeschichten.
Erste Folge. (3531) DM 4,80
Zweite Folge. (3649) DM 4,80
Dritte Folge. (3975) DM 4,80

Lembke, Robert
Die besten, die größten, die schlimmsten.
Rekorde reihenweise.
(3836) DM 5,80
Robert Lembkes Witzauslese.
(3355) DM 3,80
Zynisches Wörterbuch.
Mit 20 Zeichnungen von Franziska Bilek.
(3437) DM 3,80

Lohmeier, Georg
Geschichten für den Komödienstadel.
(3456) DM 4.—
Neue Geschichten für den Komödienstadel.
(3470) DM 4.—

Nicklisch, Hans
Familienalbum.
(6335) DM 5,80

Rösler, Jo Hanns
An meine Mutter...
(3467) DM 3,80
Kitty und Johannes.
Erzählungen.
(3537) DM 4,80
Lachen Sie mit Jo Hanns Rösler.
(3484) DM 3,80
Wohin sind all die Jahre...
(3398) DM 4,80
Wohin sind all die Tage...
(3407) DM 4,80
Wohin sind all die Stunden...
(3421) DM 4,80

Scott, Mary
Ubernachtung — Frühstück ausgeschlossen.
Roman. (6316) DM 4,80
Fremde Gäste.
Roman. (3866) DM 4,80 DE
Das Jahr auf dem Lande.
Roman. (3882) DM 4,80 DE
Ja, Liebling.
Roman. (2740) DM 4,80
Geliebtes Landleben.
Roman. (3705) DM 4,80
Das waren schöne Zeiten. Mary Scott erzählt aus ihrem Leben.
Es ist ja so einfach.
Roman. (1904) DM 4,80
Es tut sich was im Paradies.
Roman. (730) DM 5,80
Flitterwochen.
Roman. (3482) DM 5,80
Fröhliche Ferien am Meer.
Roman. (3361) DM 4,80
Frühstück um Sechs.
Roman. (1310) DM 5,80
Hilfe, Ich bin berühmt!
Roman. (3455) DM 4,80
Kopf hoch, Freddie!
Roman. (3390) DM 4,80
Macht nichts, Darling.
Roman. (2589) DM 4,80
Mittagessen Nebensache.
Roman. (1636) DM 4,80
Onkel ist der Beste.
Roman. (3373) DM 4,80
Tee und Toast.
Roman. (1718) DM 4,80
Truthahn um Zwölf.
Roman. (2452) DM 4,80
Und abends etwas Liebe.
Roman. (2377) DM 4,80
Verlieb dich nie in einen Tierarzt.
Roman. (3516) DM 4,80
Wann heiraten wir, Freddie?
Roman. (2421) DM 5,80
Zum Weißen Elefanten.
Roman. (2381) DM 5,80
Oh, diese Verwandtschaft.
Roman. (3663) DM 4,80
Zärtliche Wildnis.
Roman. (3677) DM 4,80
Das Teehaus im Grünen.
Roman. (3758) DM 5,80
Na endlich, Liebling.
Roman. (3913) DM 5,80

Scott, Mary / West, Joyce
Das Geheimnis der Mangroven-Bucht.
Roman. (3354) DM 4,80
Lauter reizende Menschen.
Roman. (1465) DM 4,80
Das Rätsel der Hibiskus-Brosche.
Roman. (3492) DM 4,80
Tod auf der Koppel.
Roman. (3419) DM 4,80
Der Tote im Kofferraum.
Roman. (3369) DM 4,80

Seeliger, Ewald Gerhard
Peter Voß, der Millionendieb.
Roman. (1826) DM 4,80

Smith, Richard
Schlank durch Sex.
Mit Kalorienangaben.
(3741) DM 4,80 DE

Spoerl, Alexander
Matthäi am letzten.
Roman. (2968) DM 3,80
Unter der Schulbank geschrieben.
(2957) DM 3,80

Spoerl, Heinrich
Die Hochzeitsreise.
Roman. (2754) DM 3,80

Tibber, Robert
Auch sonntags Sprechstunde.
Roman. (3328) DM 3,80
Heirate keinen Arzt.
Roman. (1912) DM 3,80
Ob das wohl gut geht...
Roman. (2908) DM 3,80
Kleiner Kummer, großer Kummer.
Roman. (1950) DM 3,80
Die lieben Patienten.
Roman. (1996) DM 3,80

Troy, Una
Die Pforte zum Himmelreich.
Roman. (2643) DM 4,80
Maggie und ihr Doktor.
Roman. (2354) DM 4,80
Meine drei Ehemänner.
Roman. (2390) DM 5,80

Wodehouse, P.G.
Fünf vor zwölf, Jeeves!
Roman. (3962) DM 5,80
Stets zu Diensten.
Roman. (3860) DM 4,80
Das Mädchen in Blau.
Roman. (3718) DM 4,80
Die Feuerprobe und andere Geschichten.
(2339) DM 4,80
Herr auf Schloß Blandings.
Geschichten. (3418) DM 3,80
Keine Ferien für Jeeves.
Roman. (3658) DM 3,80
Ohne Butler geht es nicht.
Roman. (3500) DM 3,80
Terry lebt verschwenderisch.
Roman. (3349) DM 4.—
Was tun, Jeeves?
Roman. (3947) DM 4,80
Der Junggesellen-Club.
Roman. (3924) DM 4,80

Wolfe, Winifried
Gefrühstückt wird zu Hause.
Roman. (1594) DM 4,80

Märchen und Sagen

Andersen, Hans Christian
Gesammelte Märchen.
(510) DM 5.—

Grimm, Brüder
Märchen der Brüder Grimm.
Nach der Ausgabe von 1857.
(412) DM 9,80

Mark, Herbert
Die schönsten Heldensagen der Welt.
(3748) DM 9,80

Schwab, Gustav
Die schönsten Sagen des klassischen Altertums.
(500) DM 5,80

Die weltberühmten Afrika-Romane von Edgar Wallace:

Sanders vom Strom.
(6435) DM 5,80
Bosambo.
(6436) DM 5,80
Bones in Afrika.
(6437) DM 5,80
Leutnant Bones.
(6438) DM 5,80
Sanders.
(6439) DM 5,80
Bones vom Strom.
(6440) DM 5,80
Sanders der Königsmacher.
(6441) DM 5,80
Hüter des Friedens.
(6442) DM 5,80

Im Großformat
21 x 28 cm:
Florian Pauer
Die Edgar Wallace Filme
Herausgegeben von Joe Hembus.
Mit über 250 Filmfotos.
DM 19,80

Das vollständige Programm

Goldmann Krimis... ...mörderisch gut

● = *Originalausgabe / Preisänderungen vorbehalten*

Sammlung dtsch. Kriminalautoren

Fortride, L.A.
Der Chrysanthemenmörder.
(4694) DM 3,80

Plötze, Hasso
Formel für Mord.
● (5609) DM 4,80
Lupara.
● (5607) DM 4,80
Die Tätowierung.
● (4877) DM 4,80
Gift und Gewalt.
● (4886) DM 4,80
Weidmannsheil, Herr Kommissar.
● (5604) DM 4,80
Eine Geisel zuviel.
● (5601) DM 4,80
Fluchtweg.
● (4833) DM 4,80
Die kalte Hand.
● (4845) DM 3,80

Rudorf, Günter
Mord per Rohrpost.
● (5603) DM 4,80

Wery, Ernestine
Die Hunde bellten die ganze Nacht.
(5608) DM 6,80
Sie hieß Cindy.
● (5606) DM 4,80
Auf dünnem Eis.
● (4830) DM 5,80
Als gestohlen gemeldet.
● (5602) DM 4,80
Die Warnung.
● (4857) DM 4,80

Lit. Krimi

Blake, Nicholas
Der Morgen nach dem Tod.
(5217) DM 5,80

Canning, Victor
Das Sündenmal.
(4779) DM 4,80
Querverbindungen.
(5207) DM 5,80

Crispin, Edmund
Morde — Zug um Zug.
(5214) DM 4,80
Der Mond bricht durch die Wolken.
(5205) DM 6,80

A Detection Club Anthology
Dreizehn Geschworene.
(5209) DM 6,80

Dibdin, Michael
Der letzte Sherlock-Holmes-Roman.
(5203) DM 4,80

Doody, Margaret
Sherlock Aristoteles.
(5215) DM 6,80

Ellin, Stanley
Jack the Ripper und van Gogh.
(5212) DM 5,80
König im 9. Haus.
(4811) DM 5,80

Freeling, Nicolas
Castangs Stadt.
(5221) DM 5,80
Die Formel.
(5213) DM 6,80
Inspektor Van der Valks Witwe.
(4897) DM 5,80
Der schwarze Rolls-Royce.
(5206) DM 5,80

Gores, Joe
Dashiell Hammetts letzter Fall.
(4801) DM 4,80
Der Killer in dir.
(4838) DM 4,80

Hare, Cyril
Erschlagen bei den Eiben.
(4774) DM 3,80
Er hätte später sterben sollen.
(4782) DM 3,80

Hill, Reginald
Noch ein Tod in Venedig.
(5219) DM 4,80
Das Rio-Papier u.a. Kriminalgeschichten.
(5216) DM 5,80
Der Calliope-Club.
(4836) DM 5,80

Hughes, Dorothy B.
Wo kein Zeuge lauscht.
(5210) DM 4,80

Maling, Arthur
Zuletzt gesehen...
(5201) DM 6,80

Neely, Richard
Der Attentäter.
(4556) DM 4,—
Lauter Lügen.
(4816) DM 4,80
Schwarzer Vogel über der Brandung.
(4748) DM 4,80
Flucht in die Hölle.
(4866) DM 4,80
Die Nacht der schwarzen Träume.
(4778) DM 4,80
Das letzte Sayonara.
(5208) DM 6,80

Ruhm, Herbert (Hrsg.)
Die besten Stories aus dem weltberühmten »Black Mask Magazine«
(4818) DM 6,80

Simon, Roger L.
Die Peking-Ente.
(5202) DM 4,80

Swarthout, Glendon
Das Wahrheitsspiel.
(5218) DM 6,80

Symons, Julian
Der Fall Adelaide Bartlett.
(5220) DM 6,80
Am Ende war alles umsonst.
(4773) DM 4,80
Roulett der Träume.
(4792) DM 4,80
Damals tödlich.
(4855) DM 5,80

Taibo II., Francisco J.
Die Zeit der Mörder.
(5222) DM 4,80

Tynan, Kathleen
Agatha.
(5204) DM 5,80

Weverka, Robert
Mord an der Themse.
(5211) DM 4,80

Action-Krimi

Charles, Robert
Sechs Stunden nach dem Mord.
(4760) DM 3,80

Copper, Basil
Mord ersten Grades.
(5408) DM 4,80
Geld spielt (k)eine Rolle.
(5410) DM 4,80

Crowe, John
Ein Weg von Mord zu Mord.
(4766) DM 4,80

Crumley, James
Der letzte echte Kuß.
(5414) DM 5,80

Downing, Warwick
...Zahn um Zahn.
(4747) DM 3,80

Faust, Ron
Der Skilift-Killer.
(4832) DM 3,80

Fish, Robert L.
Die Insel der Schlangen.
(5426) DM 4,80
Ein Kopf für den Minister.
(5415) DM 4,80

Gores, Joe
Überfällig.
(5419) DM 5,80
Zur Kasse, Mörder!
(5418) DM 4,80

Hallahan, William H.
Ein Fall für Diplomaten.
(4823) DM 5,80

Hamill, Pete
Ich klau' dir eine Bank.
(5413) DM 4,80
Jeder kann ein Mörder sein.
(5417) DM 4,80

Harrington, William
Scorpio 5.
(4739) DM 4,80

Hubert, Tord
Wenn der Damm bricht.
(4828) DM 4,80

Irvine, R.R.
Der Katzenmörder.
(4745) DM 3,80
Bomben auf Kanal 3.
(4850) DM 4,80

Israel, Peter
Der Trip nach Amsterdam.
(4876) DM 3,80

Jobson, Hamilton
Ein bißchen sterben.
(4888) DM 3,80
Kontrakt mit dem Killer.
(4755) DM 3,80
Richtet mich morgen.
(4808) DM 3,80

Jones, Elwyn
Chefinspektor Barlow in Australien.
(4862) DM 3,80

Kyle, Duncan
Todesfalle Camp 100.
(5402) DM 5,80

Lacy, Ed
Mord auf Kanal 12.
(5422) DM 4,80
Verdammter Bulle.
(5416) DM 4,80
Zahlbar in Mord.
(5406) DM 4,80
Geheimauftrag Harlem.
(5404) DM 5,80

Lecomber, Brian
Schmuggelfracht nach Puerto Rico.
(4861) DM 5,80

MacDonald, John D.
Die mexikanische Heirat.
(5420) DM 4,80

MacKenzie, Donald
Nicht nur Schnappschüsse.
(5425) DM 5,80

Martin, Ian Kennedy
Regan und das Geschäft des Jahrhunderts.
(4834) DM 3,80

Marshall, William
Bombengrüße aus Hongkong.
(4738) DM 3,80
Dünne Luft.
(4722) DM 4,80
Das Skelett auf dem Floß.
(5403) DM 4,80

Pronzini, Bill / Malzberg, Barry
Jagt die Bestie!
(5423) DM 5,80

Rifkin, Shepard
Die Schneeschlange.
(4863) DM 3,80

Ross, Sam
Der gelbe Jaguar.
(5411) DM 4,80

Simon, Roger L.
Das Geschäft mit der Macht.
(4874) DM 3,80
Hecht unter Haien.
(4880) DM 3,80

Stein, Aaron Marc
Der Kälte-Faktor.
(4841) DM 3,80
Unterwegs in den Tod.
(4835) DM 4,80
Auftrag mit heißen Kurven.
(5412) DM 4,80

Straker, J.F.
Mord unter Brüdern.
(4870) DM 4,80

Topor, Tom
Verblichener Ruhm.
(5424) DM 5,8C

Wainwright, John
Joey.
(4810) DM 3,80
Requiem für einen Verlierer.
(4733) DM 3,80
Gutschein für Mord.
(4848) DM 4,80
Nachts stirbt man schneller.
(5407) DM 4,80

Waugh, Hillary
Fünf Jahre später.
(4875) DM 3,80

Way, Peter
Der tödliche Irrtum.
(5421) DM 4,80

Weverka, Robert
Mord an der Themse.
(5409) DM 4,80

Wilcox, Collin
Der tödliche Biß.
(5401) DM 4,80
Das dritte Opfer.
(4689) DM 4,80
Der Profi-Killer.
(5405) DM 4,80

Wilcox, Collin / Pronzini, Bill
Montag mittag San Francisco.
(4884) DM 5,80

Wren, M.K.
Gewiß ist nur der Tod.
(4839) DM 4,80

Rote Krimi

Bagby, George
Ein Goldfisch unter Haien.
(4768) DM 3,80
Die schöne Geisel.
(4853) DM 3,80
Toter mit Empfehlungsschreiben.
(4864) DM 3,80

Beare, George
Die teuerste Rose.
(4843) DM 3,80

Blake, Nicholas
Das Biest.
(4889) DM 4,80

Brett, Simon
Generalprobe für Mord.
(4826) DM 3,80

Bunn, Thomas
Leiche im Keller.
(4846) DM 5,80

Carmichael, Harry
Liebe, Mord und falsche Zeugen.
(4847) DM 4,80
Der Tod zählt bis drei.
(4785) DM 3,80

Christie, Agatha
Alibi.
(12) DM 4,80
Dreizehn bei Tisch.
(66) DM 4,80
Das Geheimnis von Sittaford.
(73) DM 4,80
Das Haus an der Düne.
(98) DM 4,80
Mord auf dem Golfplatz.
(9) DM 4,80
Nikotin.
(64) DM 4,80
Der rote Kimono.
(62) DM 4,80
Ein Schritt ins Leere.
(70) DM 4,80
Tod in den Wolken.
(4) DM 4,80

Dolson, Hildegarde
Schönheitsschlaf mit Dauerwirkung.
(4825) DM 4,80

Durbridge, Francis
Der Andere.
(3142) DM 3,80
Die Brille.
(2287) DM 4,80
Charlie war mein Freund.
(3027) DM 4,–
Es ist soweit.
(3206) DM 4,80
Das Halstuch.
(3175) DM 4,–
Im Schatten von Soho.
(3218) DM 4,–
Keiner kennt Curzon.
(4225) DM 4,–
Das Kennwort.
(2266) DM 4,–
Kommt Zeit, kommt Mord.
(3140) DM 4,–
Ein Mann namens Harry Brent.
(4035) DM 3,80
Melissa.
(3073) DM 4,–
Mr. Rossiter empfiehlt sich.
(3182) DM 4,80
Paul Temple – Banküberfall in Harkdale.
(4052) DM 3,80
Paul Temple – Der Fall Kelby.
(4039) DM 3,–
Paul Temple jagt Rex.
(3198) DM 4,80
Paul Temple und die Schlagzeilenmänner.
(3190) DM 4,80
Der Schlüssel.
(3166) DM 4,80
Die Schuhe.
(2277) DM 4,80
Der Siegelring.
(3087) DM 4,–
Tim Frazer
(3064) DM 3,80
Tim Frazer und der Fall Salinger.
(3132) DM 4,80
Wie ein Blitz.
(4205) DM 3,–
Tim Frazer weiß Bescheid.
(4871) DM 4,80
Die Kette.
(4788) DM 4,80
Zu jung zum Sterben.
(4157) DM 3,–

Fleming, Joan
Das Haus am Ende der Straße.
(4814) DM 3,80

Fletcher, Lucille
Taxi nach Stamford.
(4723) DM 3,80

Francis, Dick
Der Trick, den keiner kannte.
(4804) DM 4,80
Die letzte Hürde.
(4780) DM 4,80

Gardner, Erle Stanley (A.A. Fair)
Alles oder nichts.
(4117) DM 4,80
Der dunkle Punkt.
(3039) DM 4,80
Goldaktien.
(4789) DM 4,80
Die goldgelbe Tür.
(3050) DM 4,–

Heiße Tage auf Hawaii.
(3106) DM 4,80
Im Mittelpunkt Yvonne.
(4749) DM 4,80
Kleine Fische zählen nicht.
(4802) DM 4,80
Lockvögel.
(3114) DM 4,80
Per Saldo Mord.
(3121) DM 4,—
Ein schwarzer Vogel.
(2267) DM 4,—
Der schweigende Mund.
(2259) DM 5,80
Ein pikanter Köder.
(3129) DM 3,80
Sein erster Fall.
(2291) DM 4,—
Treffpunkt Las Vegas.
(3023) DM 4,80
Wo Licht im Wege steht.
(3048) DM 4,—
Der zweite Buddha.
(3083) DM 4,80
Das volle Risiko.
(4852) DM 4,80
Die Pfotenspur.
(4309) DM 4,—

Gilbert, Michael
Geliebt, gefeiert und getötet.
(4911) DM 5,80
Das leere Haus.
(4868) DM 4,80

Goodis, David
Schüsse auf den Pianisten.
(4894) DM 4,80

Gordons, The
Letzter Brief an Cathy.
(4898) DM 5,80
Beeile dich zu leben.
(4765) DM 4,80
FBI-Aktien.
(2260) DM 4,80
FBI-Aktion »Schwarzer Kater«.
(4661) DM 3,—
FBI-Auftrag.
(3053) DM 3,—
Feuerprobe.
(4670) DM 4,—
Geheimauftrag für Kater D.C.
(3072) DM 3,—
Der letzte Zug.
(3074) DM 4,80

Gunn, Victor
Das achte Messer.
(201) DM 4,80
Auf eigene Faust.
(162) DM 4,—
Die Erpresser.
(148) DM 4,80
Das Geheimnis der Borgia-Skulptur.
(205) DM 4,—
Die geheimnisvolle Blondine.
(1232) DM 4,-
Gelächter in der Nacht.
(175) DM 4,—
Gute Erholung, Inspektor Cromwell.
(1137) DM 4,—
Im Nebel verschwunden.
(140) DM 4,80
In blinder Panik.
(1104) DM 4,—
Inspektor Cromwell ärgert sich.
(2036) DM 4,—
Inspektor Cromwells großer Tag.
(143) DM 4,—
Inspektor Cromwells Trick.
(294) DM 4,—
Die Lady mit der Peitsche.
(261) DM 4,80
Lord Bassingtons Geheimnis.
(3028) DM 3,—
Der Mann im Regenmantel.
(2093) DM 4,—
Der rächende Zufall.
(186) DM 4,—
Das rote Haar.
(1289) DM 4,—
Roter Fingerhut.
(267) DM 4,—
Schrei vor der Tür.
(2155) DM 4,—
Schritte des Todes.
(3049) DM 4,80
Die seltsame Idee der Mrs. Scott.
(1122) DM 4,—
Spuren im Schnee.
(147) DM 4,—
Der Tod hat eine Chance.
(166) DM 4,—
Tod im Moor.
(1083) DM 3,80
Die Treppe zum Nichts.
(193) DM 4,—
Der vertauschte Koffer.
(216) DM 4,80
Der vornehme Mörder.
(3062) DM 4,—
Was wußte Molly Liskern?
(1205) DM 4 —
Das Wirtshaus von Dartmoor.
(4772) DM 4,80
Wo waren Sie heute nacht?
(1012) DM 4,—
Die Rosenblätter.
(284) DM 4,80
Zwischenfall auf dem Trafalgar Square.
(254) DM 4,—

Healey, Ben
Letzte Fähre nach Venedig.
(4914) DM 4,80

Hensley, Joe L.
Giftiger Sommer.
(4869) DM 3,80

Hill, Peter
Mord im kleinen Kreis.
(4824) DM 3,80

Howard, Hartley
Der große Fischzug.
(4887) DM 4,80
Jenseits der Tür.
(4649) DM 4,80
Einmal fängt jeder an.
(4777) DM 3,80
One-Way Ticket.
(4813) DM 3,80
Der Abschiedsbrief.
(4890) DM 4,80
Der Teufel sorgt für die Seinen.
(4759) DM 4,80
Keine kleine Nachtmusik.
(4783) DM 3,80
Fünf Stunden Todesangst.
(4867) DM 3,80
Fahrkarte ins Jenseits.
(4730) DM 4,80
Nackt, mit heller Haut.
(4715) DM 4,80

Hughes, Dorothy B.
Der Tod tanzt auf den Straßen.
(4900) DM 4,80

Knox, Bill
Frachtbetrug.
(4909) DM 4,80
Zwischenfall auf Island.
(4899) DM 4,80
Tödliche Fracht.
(4906) DM 4,80
Whisky macht das Kraut nicht fett.
(4873) DM 4,80
Gestrandet vor der Bucht.
(4842) DM 3,80

Law, Janice
Zwillings-Trip.
(4817) DM 3,80

Lewis, Roy
Morgen wird abgerechnet.
(4856) DM 3,80
Nichts als Füchse.
(4761) DM 3,80

Lockridge, F.R.
Lautlos wie ein Pfeil.
(4051) DM 3,80
Schluß der Vorstellung.
(4750) DM 4,80
Sieben Leben hat die Katze.
(4820) DM 4,80

Lutz, John
Augen auf beim Kauf.
(4803) DM 3,80

MacKenzie, Donald
Der Fall Kerouac.
(4901) DM 4,80
Notizbuch der Angst.
(4883) DM 3,80
Die tödliche Lektion.
(4822) DM 3,80

Maling, Arthur
Eine Aktie auf den Tod.
(4807) DM 4,80
Manipulationen.
(4854) DM 4,80

Marsh, Ngaio
Der Tod im Frack.
(4908) DM 6,80
Mylord mordet nicht.
(4910) DM 6,80
Fällt er in den Graben, fällt er in den Sumpf.
(4912) DM 5,80
Ouvertüre zum Tod.
(4902) DM 5,80
Tod im Pub.
(4904) DM 5,80

Martin, Robert
Gute Nacht und süße Träume.
(4764) DM 4,80

Nielsen, Helen
Ein folgenschwerer Freispruch.
(4885) DM 4,80

Ormerod, Roger
Blick auf den Tod.
(4819) DM 3,80

Postgate, Raymond
Das Urteil der Zwölf.
(4896) DM 4,80

Roberts, Willo Davis
Tatmotiv: Angst.
(4776) DM 3,80

Roffman, Ian
Trauerkranz mit Liebesgruß.
(4881) DM 4,80

Sayers, Dorothy
Es geschah im Bellona-Klub.
(3067) DM 4,80
Geheimnisvolles Gift.
(3068) DM 4,80
Mord braucht Reklame.
(3066) DM 4,80

Siller, Hilda van
Der Bermuda-Mord.
(4734) DM 3,80
Das Ferngespräch.
(4758) DM 4,80
Ein fairer Prozeß.
(4635) DM 3,80
Ein Familienkonflikt.
(4767) DM 3,80
Der Hilfeschrei.
(4702) DM 3,80
Küß mich und stirb.
(4743) DM 3,80
Die Mörderin.
(4720) DM 3,80
Pauls Apartment.
(4725) DM 3,80
Die schöne Lügnerin.
(4621) DM 3,80
Niemand kennt Mallory.
(4751) DM 3,80

Smith, Charles Merrill
Reverend Randollph und der Racheengel.
(4860) DM 4,80
Die Gnade GmbH.
(4905) DM 5,80

Stout, Rex
Die Champagnerparty.
(4062) DM 4,—
Gambit.
(4038) DM 4,—
Gast im dritten Stock.
(2284) DM 4,—
Das Geheimnis der Bergkatze.
(3052) DM 4,—
Gift à la carte.
(4349) DM DM 4,—
Die goldenen Spinnen.
(3031) DM 4,—
Morde jetzt — zahle später.
(3124) DM 4,—
Orchideen für sechzehn Mädchen.
(3002) DM 4,—
P.H. antwortet nicht.
(3024) DM 4,—
Das Plagiat.
(3108) DM 4,80
Der rote Bulle.
(2269) DM 4,—
Der Schein trügt.
(3300) DM 4,—
Vor Mitternacht.
(4048) DM 4,—
Per Adresse Mörder X.
(4389) DM 4,80
Zu viele Klienten.
(3290) DM 4,—
Zu viele Köche.
(2262) DM 4,—
Das zweite Geständnis.
(4056) DM 4,—
Wenn Licht ins Dunkle fällt.
(4358) DM 4,—

Truman, Margaret
Mord im Weißen Haus.
(4907) DM 5,80

Upfield, Arthur W.
Bony stellt eine Falle.
(1168) DM 4,—
Bony übernimmt den Fall.
(2031) DM 4,80
Bony und der Bumerang.
(2215) DM 4,—
Bony und die Maus.
(1011) DM 4,80
Bony und die schwarze Jungfrau.
(1074) DM 4,—
Bony und die Todesotter.
(2088) DM 4,—
Bony und die weiße Wilde.
(1135) DM 4,—
Bony wird verhaftet.
(1281) DM 4,80
Fremde sind unerwünscht.
(1230) DM 4,—
Gefahr für Bony.
(2289) DM 4,—
Die Giftvilla.
(180) DM 4,80
Ein glücklicher Zufall.
(1044) DM 4,80
Die Junggesellen von Broken Hill.
(241) DM 4,80
Der Kopf im Netz.
(167) DM 4,80
Die Leute von nebenan.
(198) DM 4,80
Mr. Jellys Geheimnis.
(2141) DM 4,—
Der neue Schuh.
(219) DM 4,80
Der schwarze Brunnen.
(224) DM 4,—
Der streitbare Prophet.
(232) DM 4,80
Todeszauber.
(2111) DM 4,—
Viermal bei Neumond.
(4756) DM 4,80
Wer war der zweite Mann?
(1208) DM 4,—
Die Witwen von Broome.
(142) DM 4,80
Bony kauft eine Frau.
(4781) DM 3,80

Wainwright, John
Gehirnwäsche.
(4903) DM 4,80

Wallace, Penelope
Toter Erbe — guter Erbe.
● (4893) DM 3,80
Das Geheimnis des schlafwandelnden Affen.
● (4849) DM 3,80

Weinert-Wilton, Louis
Die chinesische Nelke.
(53) DM 5,80
Der Drudenfuß.
(233) DM 4,80
Die Königin der Nacht.
(281) DM 4,80
Der Panther.
(5) DM 4,80
Der schwarze Meilenstein.
(4741) DM 4,80
Der Teppich des Grauens.
(106) DM 4,80
Die weiße Spinne.
(2) DM 4,80

Woods, Sara
Kommt nun zum Spruch.
(4913) DM 4,80
Der Mörder tritt ab.
(4878) DM 4,80
Verrat mit Mord garniert.
(4882) DM 4,80
Ein Dieb oder zwei.
(4784) DM 4,80